JN323313

鎌倉小町百六番地

―昭和はじめの子どもたち―

磯見辰典

かまくら春秋社

目次

町の変遷と少年の日々
―「鎌倉小町百六番地」に寄せて―

黒井千次

鎌倉に住み、その土地について書いた人は多くいる。また、残された文章も少なくない。

しかし、自分の生家が鎌倉にあり、その後も鎌倉で育った人の書いたものはあまり多くはないだろう。「鎌倉小町百六番地」という本書のタイトルは、この本のために生み出されたものではなく、著者自身の生家の所番地に他ならない。つまり、百六番地の家で生れ育った昭和一桁生れの少年の記憶の中に生きる昭和十年代の鎌倉が、ここには描き出されている。しかも家は住宅街ではなく鎌倉駅に近い商店街にあり、旅館や食堂を経営する一族の中で父親はタクシー部門を担当していたというのだから、土地そのものが仕事の場でもあった。

著者の磯見辰典氏は歴史学者だが、古い土地にはつきものの名所旧蹟などは見向きもせず、ひたすら鎌倉で生きた自分の大家族の姿を土地の上に浮かび上らせようとする。その意味では、文学作品としての「幼年時代」の影もこの本はさりげなく隠し持っている。

鎌倉小町百六番地

―昭和はじめの子どもたち―

装丁　磯見輝夫

はじめに

昭和三十五年一月二十三日の朝である。

当時、西御門で新婚生活を始めていた私は、その朝、通勤のためバスで鎌倉駅に出て、そこに燃えさかる焰を見た。と、長いことそう信じていた。そんなはずはない、と妻や兄に指摘されるまでは。実際には火事は前日のことで、駅に向かって右側の二階建ての古いビルはすでに焼け跡になっていたのである。

そこが表題とした鎌倉小町百六番地の場所である。そこには現在、駅の東口を出て左側にある不二家や和民が入っているビルがある。このビルの小町通りに面した右端が私の生家である。

終戦を境に、鎌倉は少しずつ、よそよそしい表情を見せるようになった。いや、私の方が、しごく当然のような顔をして変わっていくこの町に、過去のたたずまいをねだり続けていたのかも知れない。その過去が、火事によって、小気味よく断ち切られたことで、私のうちに一種の安堵感が生まれたのも事実である。しかし、そうなったらなったで、小町百六番地の生活も、別の世界として存在を主張し始めた。それは厄介なことに、こちらの年齢が高くなるにつれ、だんだん圧力を増してきて、私を落ち着かなくさせるのである。

これから、同じ時代を生きた兄・昭太郎と弟・明の協力を得ながら、私の記憶の中にある昭和十年代の鎌倉と、子供を含む住民のことをできる限り詳細に描き出したいと思う。

第一章　昭和はじめの小町通り

鎌倉小町百六番地

焼け落ちたビルと書いたが、それは鉄筋でも石造りでもない、おそらくモルタル張りの長屋であった。それでも当時としてはいかにも頑丈にみえたから、われわれはそれを高級長屋と称していた。高級でない長屋は、われわれの不遜な認識では、小町通りを少し入った瀬戸橋を左に曲がった先の踏み切りから線路ぞいに建てられた「県営住宅」のことであった。どうも実際には市営であったようだが、われわれはケンエイと呼んでいた。このケンエイに比べれば、わが長屋ははるかにモダンだったのである。

隣は「東屋」という下駄屋さんである。私の家との境目あたりに縦長の看板があって、そこに「カサ・ハキモノ」とあったが、その「・」が消えかかっていて、随分長い間私は、なぜ傘が着物なのだろうという疑問にとりつかれていた。おじさんは田中喜作さんといって、鎌倉彫の名人であった。おばさんは小柄で、ちょっと粋な下町のおかみさんといったタイプで、大変なお人好しだった。一人息子の喜一

昭和 11 年の鎌倉駅舎。当時の時計台は、現在、鎌倉駅西口広場に設置されている（木村春男氏所蔵、協力：鎌倉市中央図書館）

郎さんはキーちゃんと呼ばれ、私より一つ年上だった。手先の器用さは親譲りだろうが、同時に無類の浪花節の愛好家として知られていた。

その隣が喫茶店「りんどう」で、この界隈で唯一文化の香りのする店であった。私が生まれる前年の昭和二年にうちの店子になった。若いご夫婦が経営者だったが、ご主人は病気で、二階に閉じこもったきりだった。ひとりで働いていた奥さんは綺麗な人で、いつも清潔で可愛らしい服装をしていた。子供はなかったが、シャム猫を飼っていた。店の中に入ったことはあまりない。あとで聞けば、「りんどう」には、横須賀線を待つ文士たちがよく立ち寄ったとのことだが、小学生のわれわれにはもとより何の関心もなかった。ただ、戦後になって奥さんが別の場所で「エリカ」という喫茶店を再開したときにもその方針が貫かれていたように、ここではコーヒーに必ずピーナッツが添えられていたのである。

弟・明の思い出はこうである。

――その当時、何かにつけ遊びに行ったのは「りんどう」のおばさんの所と隣の下駄屋のキーちゃんの所である。キーちゃんの所はお店からではなく、二階の裏の物干し場からあがりこむことが多かった。下の店ではおじさんが下駄の鼻緒をつけたりしていたが、二階ではキーちゃんが下駄に彫り物をしていることがあった。これが私には何ともいえぬ凄いことのように思えたのである。ときに私もやらせてもらったが、今、鎌倉彫を見て、いい彫りだの何だの知ったかぶりをするのは、こんな経験のせいだろうか。「りんどう」のおばさんとのお付き合いは、私が医師になってからもずっと続いた。お亡くなりになるまでのお付き合いだった。どんなに

祖父の喜代松と孫たち。左から３番目が磯見旅館本店のマーちゃん、その右隣が弟の明。他の子は想像はつくが不明。何しろ孫の数は 20 人を超えるのだ。祖父とマーちゃんについては後述（昭和 12、3 年頃）

お歳をとっても、美しさとやさしさは変わらなかった。医院では誰かがいると〝先生〟だが、二人だけになると〝あっちゃん〟とか〝あきらさん〟とか呼んでくれた。いつかご主人をお連れになったが、子供の頃、ちらっと見た印象通りのすらっとした立派な紳士だった。（明）

この建物の一番駅寄りが母方の祖父喜代松の住んでいた家である。玄関の上にガソリンという看板が、これは一字ずつ壁に埋め込まれていたが、その「リ」の左の棒が抜け落ちていて、ガソノンと読めた。玄関に一基設けられていたスタンドは磯見タクシー専用のものだった。一階は全体がガラス張りだったから、外から内部がよく見えた。事務室だったようだが、そこではよく大人たちがマージャンをやっていた。部屋の一角が、五十センチほど高い畳敷きの部屋になっていて、祖父はいつもそこに坐って、火鉢の前で煙草を吸ったり、ときに何の薬とも知れない液体に、割り箸で脱脂綿をつまんで浸しては眼を洗ったりしていた。

以上の四家族によって構成されていたこの長屋から小町通りは始まるのである。

わが家の周辺

祖父の住んでいた部分と隣の蕎麦屋「川古江家」との間に、幅一メートル足らずの細い路地があって、そこを入ると井戸のある三角形の裏庭に出る。ここで魚屋はポンプで水を汲み、魚を調理し、豆腐屋はとんとんと調子よく冷奴をつくった。そこは文字通り井戸端会議のメッカであった。長屋の住民に川古江家の誰かが加わり、近所の人や、たまたま居合わせた人たちを交えて四方山話に花が咲いた。

　私はこの井戸端で交わされた男たちの時局談義を鮮明に覚えている。それは昭和十六年の夏のある日であった。誰がいたか定かではないが、唯一のインテリと認められていた親類の一人が、日本はまだアメリカと戦うべきではないと言い出したことから議論が始まった。日本人には十分に長期戦の準備も覚悟もできていないというその趣旨に、誰かが、いや、だからこそ戦争に踏み切って、日本人の気を引き締めるべきだ、と反論した。不思議に思ったのは、日本人がたるんでいるという点では全員が一致していたことだ。断るまでもないが、この議論は、井戸を囲んで、みんな立ったままでえんえんと続けられたのである。

　この三角形の裏庭には小町通りからも入れた。わが家の横を通り、川古江家の玄関の植え込みの前を左に曲がる通路があったのだ。川古江家は旅館も経営しており、その方のお客は、駅前ではなく、小町通りから入ってきたのである。その入口には、夜になると屋号を墨で書いた街灯がぼんやり灯った。そこにはよくやもりがへばりついていた。

この通路の向こう側には、石屋「原七」の敷地が広がっている。小町通り左側二軒めの建物ということになる。二階建ての日本家屋はやや古くはあったがりっぱなものだった。しかし、その家が目立たないほど、大小のおびただしい石がずっと横須賀線の線路の方まで続いていた。そこは子供たちにとって格好の遊び場だった。石から石へと飛び移りながら、追っかけっこも隠れん坊もできたが、とりわけ楽しかったのは冬の遊びだった。石の中には上部が数センチ円形に掘り込まれているものがあり、そこにたまった水が凍るのである。その氷の厚さで私たちは、その日の寒さを客観的に比較判断し、「今日は昨日より冷えてるよ」などと親に報告することもあった。氷を完全に円形のまま取り出すのはなかなか難しく、私たちはその技術を競い合って楽しんだ。

原七のおじいさんの頭には毛が一本もなかった。私たちは「鉄兜」と呼んでいた。このあだ名には少し尊敬も込められていた。わが家の二階から見れば一目瞭然だが、その禿げ頭には傷跡があった。誰かが、あれは鉄砲玉に当たったのだ、と言

石屋「原七」の前あたりで撮った写真。人形を持った姉（左）とあまり冴えない兄（中央）と私

い出したのが、いつしか本当のこととして信じられるようになった。そのくせ、誰も直接におじいさんに聞き出す勇気はなかった。

原七の家の二階で、ときどきお兄さんがヴァイオリンを弾いていることがあった。子供の私でも、それを聞くのは何だか悪い気がした。と思ったら窓から離れればいい。それなのに「また始まったよ」と誰かの声がかかると、みんな窓の所に飛んでいって笑い転げるのである。そのお兄さんにお嫁さんがきた日のことをよく覚えている。丸顔のお嫁さんだった。新婚生活の初々しさなど分かるはずもないのに、翌朝からの原七に、何か以前とは変わった雰囲気があることを感じていた。お兄さんがひどく大人じみて見えた。奇妙なことに、結婚以後は、ヴァイオリンを弾いているお兄さんの姿が思い浮かばない。弾いていたに違いないのだが、ふざけながら眺めるのが失礼と思ったのか、少なくとも面白くなくなったのである。

駅前広場

原七の石置き場と並んで、私たちの遊び場として欠くことのできないのは駅前広場である。兄・昭太郎の思い出はこうである。

——私たちが子供の頃、普段の遊び場の中で一番手っ取り早かったのは駅前広場であった。今ではとても考えられないことだが、相当な遊びがそこでできたのであ

昭和 11 年の鎌倉駅前。中央が安全地帯。写真の駅は出口で、入口は建物の右にある。入る改札と出る改札が別になっていたのである
（提供：鎌倉市中央図書館）

る。正月の凧揚げ、羽根突き、独楽回しはもとより、石蹴り、鬼ごっこ、隠れん坊。それどころか野球までして遊んだ。（昭太郎）

兄が言うように、キャッチボールどころかバッティングまでやった。いっしょに遊んでくれるおじさんがボールを高く投げてくれるのを、走りに走ってキャッチする醍醐味は格別だった。石蹴りも、この広場だけが舗装されていたので、チョーク、いや白墨や蠟石が使えたのである。広場の中央には、幅二メートルもない長方形の安全地帯

があった。帰ってきたバスは、そこで乗客を下ろすのである。

――磯見の一族は、鎌倉駅表広場の半分くらいを取り囲むようにして商売を営んでいた。駅の正面は、磯見食堂と磯見旅館、駅に向かって左手には、当時磯見自動車部と呼んだタクシーがあった。その隣には、祖父の兄が始めたと聞いているが、人力車と馬車が並んでいた。私たちの父は、タクシーを担当していたのである。（昭太郎）

ちょっと付け加えておけば、この磯見旅館の所在地は、現在の三菱東京ＵＦＪ銀行にあたる。

夏休みの昆虫採集も駅前が最良の場所であった。朝早く駅前に行くと、カブト虫をはじめ、いろいろな虫がひっくり返って落ちていた。夜の間に、中央の街灯に集ってくるのである。

この不精きわまりない昆虫採集に加えて、夏の終わりか秋口には、駅前広場は絶好のとんぼ取りのメッカになった。空一面にとんぼが舞っていた。シオカラやムギワラだけでなく、赤とんぼが飛び交い、それを網をもった子供たちが追いかけた。少し年上の子供は、モチ竿で、はるか上空を行き来するベータやヤンマを追い回した。おびただしいとんぼの群れで埋まった壮観な情景は、夕暮れの鎌倉駅前広場で遊んだことのある人には忘れがたい記憶として残ることになる。

夕方、夕食の途中でも、駅前に飛び出して行くことがあった。歌声が聞こえる。神奈川師範学校（のちに横浜国立大学に併合）の運動部が、どこかの試合に勝ったとき、駅前で戦勝祝賀の集りをするのである。大きな校旗を打ち振っての校歌、応援歌、エール、それに拍手。三、三、七拍子を覚えたのはこの凱旋式である。師範がどんなスポーツに勝ったのか、それには全く関心がなかった。それでもこれは、鎌倉の住民が、鎌倉に師範ありと自覚するひと時であったことは間違いない。

駅舎に向かって右側に待合室の建物があった。背もたれの高い、りっぱな木の長椅子が備え付けてあった。時折、観光のお客さんが利用していたが、あとは閑散としていて、子供の遊び場になった。その待合室の駅側の出口を出た所に売店があった。よく父に頼まれて煙草を買いに行った。「ゴールデン・バット」のこともあっ

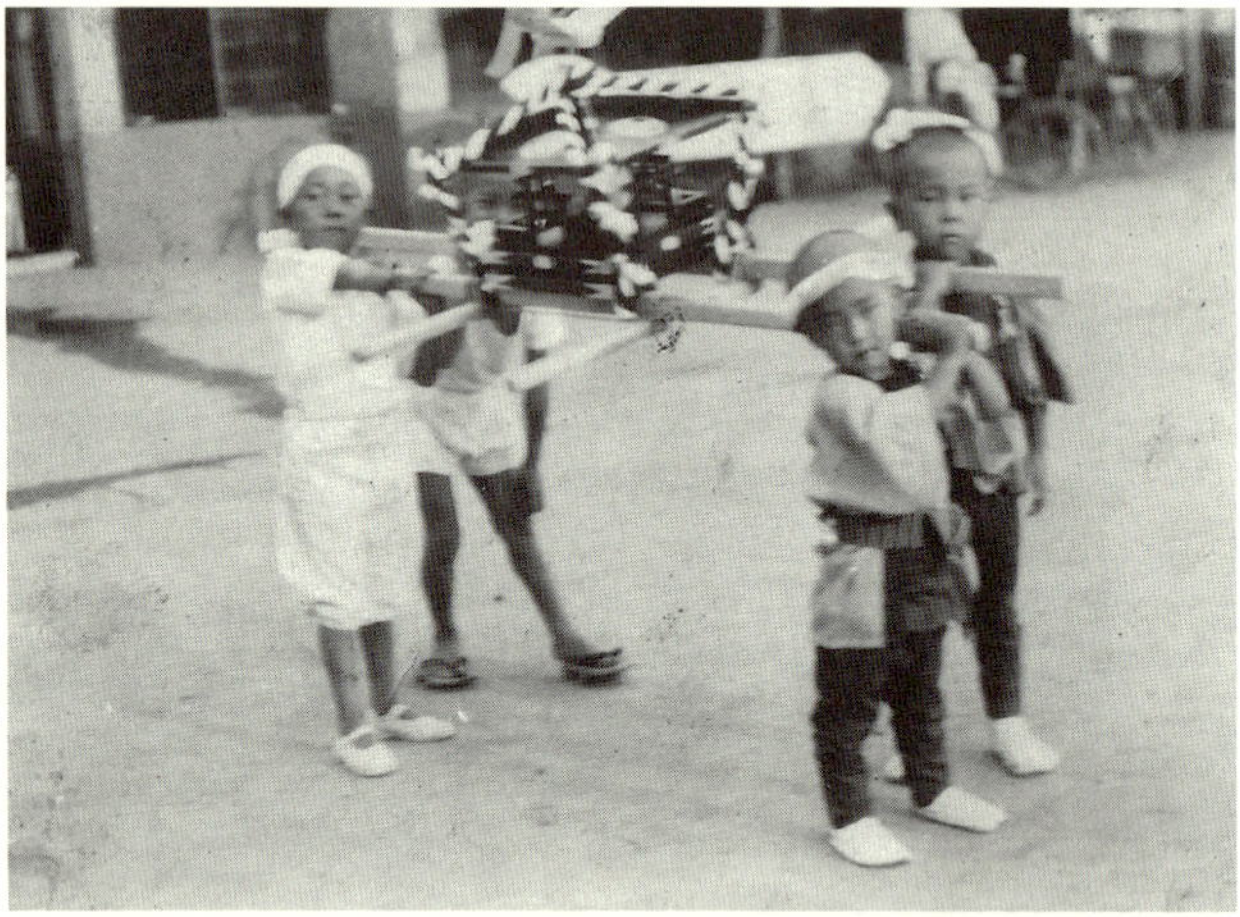

蛭子神社のお祭りで、お神輿を担ぐ子供たち（前列手前：従兄弟のマーちゃん、前列奥：筆者、後ろの子供は多分下駄屋のキーちゃん）

たが、たいていは「チェリー」だった。吸い口のある「朝日」を買うこともたまにはあった。

駅前が賑わう行事が他にもあった。磯見食堂の脇を入った所に稲荷神社があり、お祭りは、かなり盛大に祝われた。子供たちは、その日、神社でもらう紙袋に入ったお菓子が楽しみで、ふだんはあまり近づかないお稲荷さんに群がった。ちなみに小町の氏神様は蛭子神社で、今でも入り口の碑には名称の前に「村社」と書いてある。小町村の氏神様というわけだ。お祭りの日は、ここから駅前まで山車が出た。子

磯見旅館の前。松月齋一門生花大会とある。母もその松月堂古流に属しており、ずっと生花師匠をしていた。母の師匠は小島喜艸先生である。それにしても、今、駅前でこんな集合写真が撮れるだろうか

供のお神輿もあって、祭りの半纏をまとった子供たちが競ってかついだものだが、わが家の子供はどうも引っ込み思案で、親やおじたちに、子供らしくない、と随分はっぱをかけられた。そのくせ、お祭りは大好きだったのである。

　駅から若宮大路に向かう道の左側は、「瓦せんべい」の小松屋本舗である。鎌倉を訪れた人は、この店のガラス越しにせんべいを焼いている様子をご覧になっただろう。だが、この店も、平成二十二年を最後に姿を消してしまった。その向かい側に

あった明治製菓こそ、とくに夏の子供たちにとって忘れられない思い出の場所である。祖父の家の前に縁台を置いて夕涼みをしたり、花火をやっていると、祖父が出てきて、お菓子を買ってくれることがよくあった。われわれは、ためらいもなく「スマック」と叫んだ。明治製菓でしか売っていない円筒形のアイスクリームをチョコレートでくるんだ、何とも贅沢なお菓子だったのである。

若宮大路に出る左右には「女夫まんじゅう」の店があった。夫婦と書いて「めおと」と読むことを知ったのはずっと後のことで、それまでは女夫と書くものだと思っていた。駅から向かって左側の松風堂の方が何となく親しかったようで、よくここで饅頭を買った。ただし、甘いものが苦手だった私は、饅頭にはあまり関心がなかった。それでも、白と茶の饅頭では、茶色の方が好きだった。茶色の方が女なのか、夫なのか、考えたこともなかった。

駅前広場とは何の関係もないが、饅頭といえば、もう葬式饅頭なるものは存在しないのだろうか。父がどこかの葬式に行くと必ず持ち帰った厚ぼったい楕円形の饅頭は子供に人気があったようだ。「そーだー、そーだー、そーだー村の村長さんが

昭和12年の江ノ電（納涼電車“銀波号”）。背景は、二の鳥居に向かって右側にあった火の見櫓と消防署である（提供：鎌倉市中央図書館）

ソーダー飲んで死んだそーだ。葬式饅頭でっかいそーだ。中の餡こは少ないそーだ」なんて唱えていた方はいないだろうか。

松風堂の隣に、今も盛んに商売を続けている今村酒店がある。子供には縁はなかったが、酒好きな大人たちが立ち寄っているのをよく目にした覚えがある。

小松屋から松風堂の間には、パン屋さんとか、「貴水」というお寿司屋さんがあったが、いずれも後で少し触れることになる。それに由比ガ浜通りに本店がある大木の果物屋さんがあったように思う。

若宮大路を越えたところに島森書店がある。江ノ島電鉄、通称「江ノ電」は島森の前が始発地だった。別に駅があるわけではない。夏の江ノ電を懐かしく思い浮かべる人は多いだろう。薄いブルーの開放的な車体で、ガタゴトとガードに向かって走るこの清涼車は、誰にとっても夏の風物詩であった。私たちは、これに乗って由比ガ浜へ行った。そこには遊ぶ店が沢山あった。一番人気があったのは、野球ゲームで、昔ながらのコリントゲームなのだが、中央に野球のベースがあって、玉が入った塁によって走者が進塁して点が入る。得点を競い合うだけのゲームだが、これにはかなり熱中した。現在のパチンコのゲームはガチャンだったか、何でもそんな名で呼ばれ、これからは賞品の飴とか何かが出てきた。パチンコは、二股の木の枝に輪ゴムを張って、石などを飛ばす、あの元来の遊びだけである。

いずれにせよ、鎌倉駅周辺が鎌倉に住むすべての人に深く関わっていたことは間違いない。

冬の駅前広場で、雪合戦をやったり、雪だるまをつくった思い出は、今の鎌倉の子供たちには想像もつかないだろう。鎌倉にも雪は降り積もったのである。小学校の校庭でも、雪合戦は冬の遊びの代表的なものであった。

小町通りの生活

わが家の二階には、八畳の部屋が二つつづいていて、そこに家族全員が寝た。一つの布団に私は兄といっしょに寝ていた。冬が大変だった。何しろ二階はひどく寒く、布団は氷のように冷たいのである。誰が先に寝るか、それが問題であった。何か頼みたいときには、「今晩、僕が先に寝るからさあ」と言うのである。夏はよく蚤にやられた。朝、父が布団の上に坐って、じっと掛け布団を見ていることがあった。そして蚤が顔?を出すのを辛抱強く待つのである。自慢こそしなかったが、蚤取りをひそかに得意に思っていたようだ。

一階にも二階にも便所があった。二つの便所は太い土管で結ばれていた。一階の便所は勿論汲み取り式である。その壁の向こう側に土管が設置されていたのである。したがって、大きな声を出せば、二階で用をたしているものと話ができた。兄と私はよくやった。もっと品の悪いことには、二階にいる方が「いくぞ！」と声をかけ、下のものが「たいしたことないぞ、今の爆撃は」などと応ずるのである。家族で上下に入る可能性はいくらもあったはずだが、さすがに、この楽しみは兄弟以外の家族とやった覚えはない。

玄関を入ると右に長い廊下があり、その先が便所なのだが、この廊下が絶好のビー玉のレース場になった。玄関からビー玉を勢いよく転がすと、便所の敷居にぶつかって戻ってくる。幾つかのビー玉をいっしょに転がして競争させるのである。大きいビー玉、つまりデカは平均して遅かった。それぞれ早さに優劣があり、当然のことながら、子供には贔屓ができていた。

贔屓といえば、私たちの遊びには、もっと手の込んだものがあった。紙の相撲である。箱の底をひっくり返し、そこに土俵を書き、相撲のカードを互いに寄り掛からせ、じかにとんとん叩くか、あるいは箱の左右に穴をあけて割り箸を差込み、それを軽く叩いて勝負を決める遊びはだれでもやった。われわれのは少し違う。画用紙に力士の絵を描くのだが、その廻しの部分を左右に細長くとり、切り抜いてそれをぐるっと廻して円をつくる。廻しの下には幾つかの切り込みを入れておく。そうしてできた二人の力士の腕を相互にからませ、あとはとんとんというわけだ。だが、それだけではない。われわれの独創的な点は、もっとも近い本場所の全力士の成績を、その廻しの長さに反映さ

母の兄である清伯父の町会議員当選祝いの宴会。多分、磯見旅館の一室。昭和３年の選挙か？

せることだ。つまり、白星の多い力士ほど、廻しの縁が大きいことになる。そして本場所と同じように彼らに相撲をとらせ、星取表をつくるのである。

廊下の左の部屋が居間であり、食事だけでなく、勉強もそこにお膳を出してやることが多かった。そこからじかに二階に上がる階段があった。玄関を入ってすぐ左に四畳半ほどの部屋があり、居間とは二畳か三畳の部屋で結ばれていた。この四畳半の部屋は色々なことに利用された。市会議員の候補者の選挙事務所になったこともある。村上猶太郎という人の事務所だった。

——乾いた通りに打ち水をやるのは母だった。夏の日、それは私にとって、大はしゃぎをさせてくれる水遊びである。兄たちは学校で、母を独り占めできる唯一の時間だった。隣の下駄屋さんにかけて、今でいうプランターがあった。水をやりながら、花の名前を教えてくれたのもそんなときだった。お花といえば、母は生け花の先生だったが、そのまた先生のところに稽古に行くときはいつも連れて行ってくれた。天、地、人などという言葉を覚え、生け花をいっぱし分かったように思っていたらしい。

当時の私にとって小町通りは、南は駅前広場だが、北は瀬戸橋までで、それから先は、計り知れない世界だった。あるとき、夜、ふと眼が覚めると、隣にいるはずの母がいなかった（二階の二間続きの部屋の一つに姉と兄が、もう一間に両親と私が寝ていた）。誰もいなかった。夜といってもまだ宵の口である。下に下りていったが、そこにも母はいなかった。私は大泣きに泣いた。仕方がなかったのだろう、姉が母のところに連れて行ってくれることになった。小町通りはもう暗かったが、瀬戸橋を左に折れて小道にはいったら、もう真っ暗

兄と私だが、何ともだらしない格好である。ズボンの下からはみ出しているのは何だ。土地っ子はこんなものだった。場所は磯見タクシーの車庫である

だった。見知らぬところの暗さの怖かったことは、それ以後大泣きしたことが記憶にないので、一寸したトラウマになっているのかも知れない。育つにつれて世界は広がっていくが、小町通りの原点は変わらない。(明)

唐突だが、コンビネーションという下着の世話になった人はいないだろうか。子供は小さいとき、パンツ(といったかどうか、多分さるまた)の上に、上下がつながった下着を着せられていた。考えてみると、このコンビネーションが人生で最初に知った難しい英語だったのかも知れない。

朝、階下から母が呼ぶ。「何だっけ、昭ちゃん、辰ちゃん、明」。必ず「何だっけ」がつくのである。これにすぐに応じて、炊き上がったご飯を釜からお櫃に移す時間に間に合ったものには、おこげのおむすびを食べるという特権が与えられた。釜の底のおこげに醤油をたらしたときのいい匂いは忘れられない。

上品に、日曜日はパン食にしよう、ということが決まった。だが、大量の食パンを、あっという間に平らげるので、上品どころではなかった。それでもバターをつけたり、チーズをちょっぴりはさんだりした。サラダなんてものはなかった。コーヒーは無縁の飲み物で、森永のココアか、砂糖をふんだんに入れた紅茶を何杯もお代わりして、それでも上品になった気がしていたのである。

小町通りのお店いろいろ（一）

勿論、舗装などされていなかった。雨が降ればあちこちに水溜りができた。そしていつも点々と馬糞や牛の糞がころがっていた。馬糞はまだよかった。早く乾燥したし、ときには花の栽培などに使うのか、ゴミ取りで持ち去る人もあった。牛の方はまことに扱い難かった。これを踏みつけると始末に悪かった。

――小町通りがいつ舗装されたかはわからない。子供の私にとっては、幅の広い大きな通りで、馬車が通るたびに馬糞が残され、時がたてば乾いて風とともに消えていく、そんな通りだった。七十歳近くなってベルギーを旅したとき、世界で一番小さい街といわれていたデュルビュイで、なんともいえない懐かしさと安堵感を覚えたが、ことによったら小町通りが脳裏をよぎったのかもしれない。わが長屋側にも向かい側にもお店が並んでいたが、それとは似ても似つかない小奇麗なお店の間を妻と腕を組んで歩いてみると、それこそ、もう何年もそうしていたような気にさせる、そんな街だった。大きな通りには馬車が通っていたが、その匂いがそんな気にさせたのかもしれない。(明)

その小町通りの朝、よく納豆売りの声が聞かれた。玄関から呼び止めて、そのおじさんに「辛子を多めに」などと注文をつけ、藁に巻かれた納豆を買う。母から、卵を買いに行かされることもよくあった。小町通りの瀬戸橋を越えてしばらく行き、肉屋「東洋」の路地を挟んで隣にあった「永原園」の店の前に、籾殻を敷いた箱が幾つか並び、そこに卵が行儀よく並んでいた。箱ごとに卵の大きさが違っていた。白い紙の袋に卵を入れるときの音が今も耳に残っている。「永原園」には、ほ

磯見旅館前。旅館の主人である清伯父を中心に左に姉、前に兄。あとは母のすぐ下の妹・お鈴叔母の娘たちで大きい方から三和子、富美子、三津子あるいは素子だろう

かに海苔とお茶をよく買いに来た。この二つに関しては、求める等級が決まっていて、「何銭の海苔」とか「何銭のお茶」とか、高くも安くもない中間の値段のものを買っていた。戦後、弟と同級だった息子さんが早稲田からプロ野球の大洋に入団したが、それから家の名前をつけて「永原園」から「枝村園」になった。

　お使いといえば、朝だけでなく、夕方にも随分頼まれた。野菜は大体、「永原園」のはす向かいにある「八百由」で買った。あるとき寒天を買いに行かされ、今では絶対に許

されない差別語だが間違えて「てんかん下さい」と言って、呆れられた苦い記憶がある。現在、この場所はお店の入ったビルになっているが、そこに「やおよしビルギャラリー」という文字がある。八百屋さんとギャラリーでは大分イメージが違うが、「やおよし」の名前を残してくれたことが嬉しい。

私の家の側では、「原七」の先の、今はラーメン屋「ひら乃」になっている場所に「平野時計店」があった。正面に大きな振り子時計が掛かっていて、平野のおじさんは、いつも店に座り、眼に拡大鏡をつけて時計の修理をしていた。時計や眼鏡に縁のない私たちが、なぜよく店をのぞいていたのだろう。回覧板でも持参していたのだろう。とにかく、子供たちにも丁寧に応対してくれるやさしいおじさんだった。因に連載中の読者の一人から、この大時計が今も小町薬局の先を右に折れ、若宮大路に向かう途中にある、串あげの店「ひら乃」の裏手にある焼き鳥「ひら乃」に掛かっていることを知らされた。

隣の「みつおか薬局」はすこし引っ込んだ場所にあった。ここのおじさんは、痩せぎすの人だったような記憶がある。背の高いお兄さんがいた。もう一つ、ずっと先に「小町薬局」があるが、そこでは太縁の眼鏡をかけたおじさんが、愛想よく応対してくれた。おじさんではなくお兄さんだったのかも知れない。その「小町薬局」は今も営業している。このお兄さんであった田所重信さんによれば、「みつおか」は元来は薬屋ではなかったそうである。因みに重信さんは平成十九年に九十一歳で物故された。

多分「みつおか」の先だったと思うが、パン屋の「木村屋」があったが、いつだったか、「サンライズ」という店に代わった。同じパン屋で、そこには御成小学校の下級生の女の子がいた。この店のバターの香りが強いトースト・パンがひ

平野時計店に掛かっていた大時計。「心と時計は常に正しく」の文字がある

どくおいしかった。経師屋さんが隣にあったような気がするが確かではない。その前後に佃煮の「松田屋」があった。同級生の青木君の家だった由比ガ浜通りの「松田屋」の親類である。ここには煮豆やこぶの佃煮などを買いに行かされた。ちょっと嫌だったのはお味噌のときだ。甕からしゃもじで掬ってくれるのだが、その匂いが好きになれなかったのである。

その隣は「千代平」こと「チョッペ」である。チョッペのお姉さんは堂々としており、おじさんも頼りにしているように見えた。めんこ、ビー玉は勿論、子供の好きそうなものは何でもあった。「むき」という当てものがあり、当たると毒々しい色のついた砂糖菓子をくれたが、わが家では親が好まず、「むき」だけはやらなかったように思う。チョッペで一番よく買ったのは画用紙だった。他には日光写真とか紙飛行機の材料とかをよく買った。

とにかくチョッペは子供たちにとっては、わくわくする場所だったのである。今のチョッペの看板には「ちょっぺー」とある。愛称を看板にするのもどうかと思うが、いずれにしてもチョッペーと延ばさず、チョッペが本当である。

その隣が「江戸屋」である。ここの売り物は煎餅であるが、ただ少し高級な感じで、あまり子供の行く店ではなかった。どうしてか分からないが、江戸屋には、新聞、それも報知新聞とか都新聞とか、あまり馴染みのない新聞が置いてあったように思う。

瀬戸橋を渡ると、右にお風呂屋さん、左に下駄屋さんがあった。経師屋さんはその隣だったか。その先に自転車屋があったことは確実である。自転車がパンクすると、ここに運んできた。おじさんがチューブを引き出し、まず空気を入れて膨らませ、それをバケツの水に入れて穴を見つけ出し、そこをヤスリでごしごしこすり、べとべとした接着剤を塗り、ゴムの断片を上に塗る。その作業を見ているのは楽しかった。

昭和10年頃の鎌倉駅周辺と小町通り

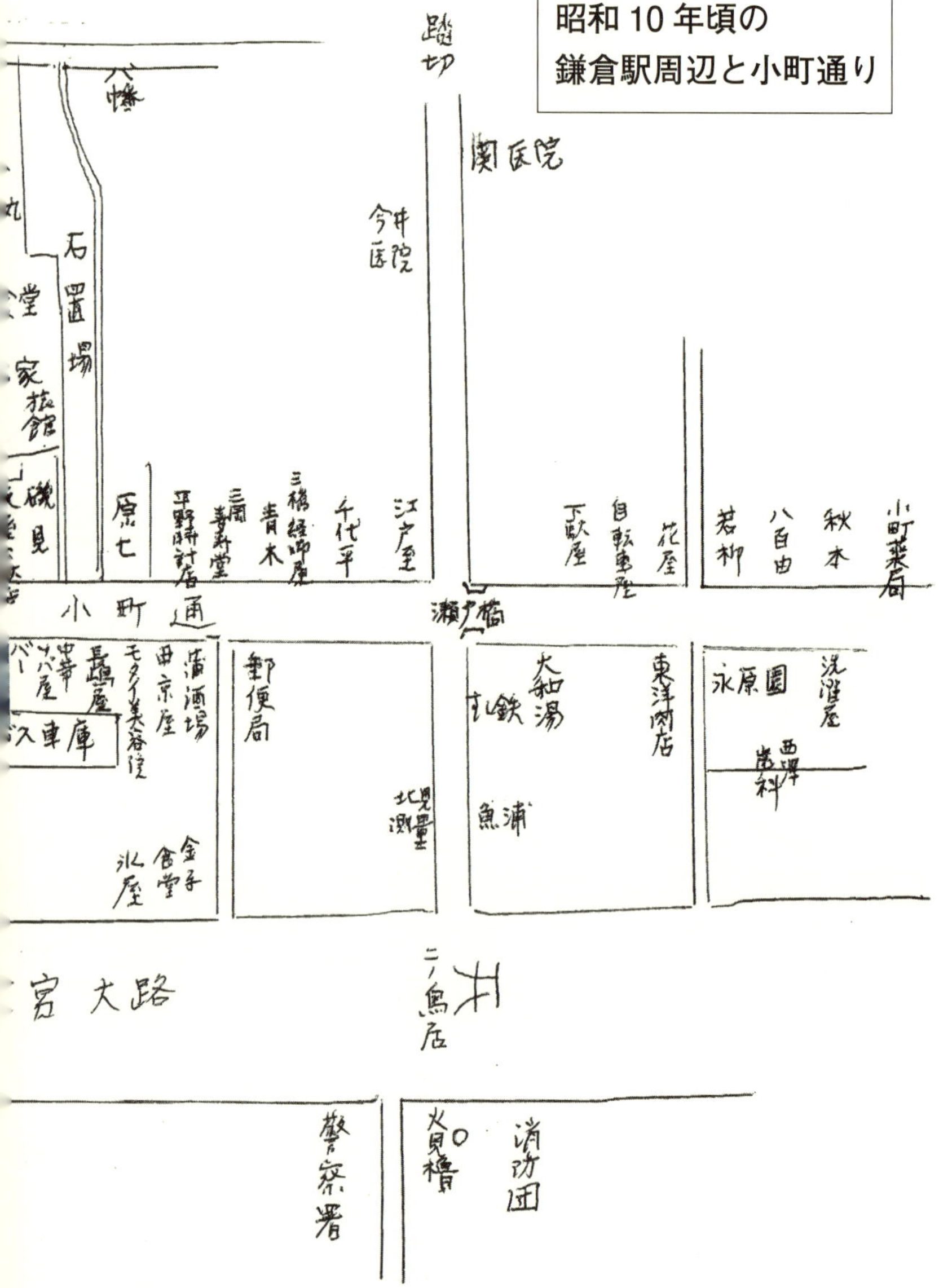

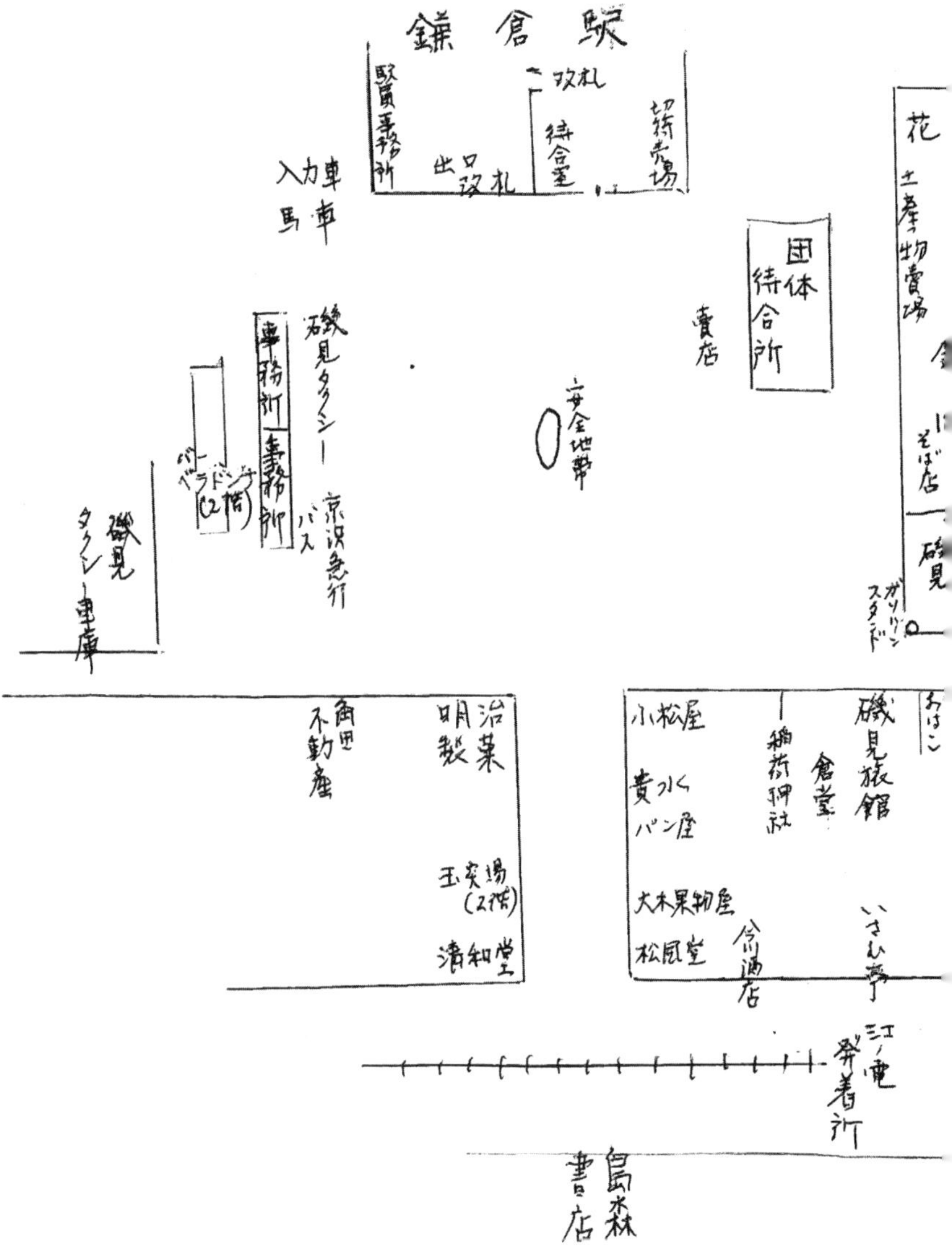
鎌倉駅
改札
駅員事務所
出口改札
待合室
切符売場
人力車
馬車
花
土産物売場
団体待合所
売店
磯見タクシー
事務所
事務所
安全地帯
そば店
バー ベラドンナ (2階)
磯見タクシー車庫
京浜急行バス
ガソリンスタンド
磯見
角田不動産
明治製菓
玉突場 (2階)
清和堂
小松屋
パン屋
稲荷神社
磯見旅館
大木果物屋
松風堂
今川酒店
いさむ亭
江ノ電発着所
島森書店

磯見辰典作成

小町通りのお店いろいろ（二）

自転車屋の先に小さな花屋があったが、何となく薄暗く、およそ花屋の明るさはなかった。そこにいつもおばあさんが一人店番をしていた。こわいおばあさんだ、と私たちは決め込んでいた。本当はどうか分からないが、とにかく少し変わった人として知れ渡っていたようである。

「岩田旅館」に通じる狭い道を挟んで「若柳」があった。ここは私が子供のときに引っ越してきたのだが、店を入ると右手奥に畳の部分があり、そこでおばさんが糸とか針とか布や毛糸を売っていた。随分母のお使いできたが、実はこの店は同時にお菓子屋でもあったのだ。左手にはガラスのケースに入ったいろいろなお菓子があった。私の最大の関心は、ここでしか売っていなかったヌガーである。お使いにかこつけて、小遣いをくすねて買ったことは間違いない。平成二十三年の八月に店の前を通ったら、閉店する、という張り紙を目にした。どんな建物ができるのか知らないが、また一つ懐かしい古い店が姿を消す、という寂しい思いでいっぱいになった。私の下着を買い続けた店でもあったのだ。

その先に理髪店があり、さらにその先に前述した「小町薬局」があったのである。そこから先はほとんど分からない。少し行った左に私たちがお化け屋敷と呼んでいた広い庭付きの家があったが、私たちは勿論近づかなかった。小町通りに面しては経師屋さんがあったと思う。

八幡様へはよく鳩に餌をやりに行った。子どもたちの後ろでしゃがんでいるのは、右は多分淑子叔母、左は喜子叔母

――ごく幼い頃に、小町通りをかなり行った鉄《くろがね》の井戸の近くにあった「じゅん光」幼稚園に通った。（昭太郎）

このじゅんの字が兄にも分からない。順光でも純光でもないことは確かだ。潤光幼稚園だっ

たかも知れない。私は、後で述べるように兄弟でただ一人、幼稚園に行かなかったので、この幼稚園のことはほとんど覚えていない。

つぎは小町通りに入って右側の店である。

わが家のはす向かい、つまり磯見旅館の隣には「おはこ」という飲み屋があった。いい気分になったおじさんがよくそこから出てきたが、子供には関係のない店である。

その隣が、「松本理髪店」で、これは大いに関係があった。散髪はいつもここでやってもらっていた。店に入ると右に散髪台が三つ並び、左には三、四人座れる長椅子、その先に洗髪台があった。松本のおじさんは穏やかで親切な人で、子供たちに優しかった。ヒサエちゃん、進君、トオル君と三人の子供がいた。おばさんは大柄で派手な感じがした。私は、おじさんに頭が上がらなかった。三年生頃まで、私はいわゆる坊ちゃん刈りだった。それがどうしても坊主刈りにせざるを得なくなった。時局とは関係ない。髪の中にしらみが湧いたのである。おじさんにわが家にきてもらい、新聞紙を敷いて、散髪をしてもらった。長い毛を切られながら、私はぽ

二の鳥居に向って右側にあった消防団の建物と団員たち。父はそこで小頭をつとめていた

ろぽろ涙を流した。その悲しい夜のことはわすれられない。坊主頭になってからも、三分刈りとか五分刈りとか、おじさんによく注文した。戦争が始まると、おじさんは出征した。

「松本理髪店」の従業員にコーキさんという人がいた。十代の後半くらいだったろうか、とても器用な人で、芸達者だった。芸能的なことが好きだった私は勿論、近所の子供たちの憧憬の的であった。歌や物まねが上手で、大人たちの評価も高かった。浪花節が定番の下駄屋のキーちゃんと並んで、私たちの尊敬すべき先輩だったのである。

小町通りにバスが入ったという、今となっては信じがたいことを書いておく。「松本理髪店」と、その先のバーの間に広い道があった。この道の奥が、何とバスの駐車場だったのである。夜になると、小町通りにバスが入る。バスは先ずわが家の前に頭を突っ込み、それからバックでこの道を入って行く。弟が書いているように、家の玄関の横の窓の下には花が鉢に栽培されていた。夏は大抵朝顔だったが、ときおりバスがそれを引っ掛けていくことがあった。現在の喫茶店「イワタ」の裏にバスが何台も駐車していたのである。

バス停ができる前、バスは手を挙げれば止ってくれた。あそこで降ろして、と言えば、そこで降ろしてくれた。バス停ができたとき、随分不便なものができたと思ったものだ。

バーからはいつも流行歌が流れていた。おかげで私たちは当時の流行歌をほとんど覚えていた。「あなたと呼べば」はともかく、「空にゃ今日もアドバルーン」、「うちの女房にゃ髭がある」とか、子供心にサラリーマンの悲哀みたいなものを感じていた。戦争になると、さすがにこれに軍国歌謡がまじるようになった。「拝啓ご無

小町通りに入る左側の祖父の家の前にはいつも縁台があった。後列左端の東京のキヨ子さん（後述）を除いて、あとはいとこ同士

沙汰しましたが」の「上海だより」などだが、不思議にも勇壮な軍歌は流れなかった。

その隣の岩田の中華料理店からは、よく焼きそばをとった。お膳の真ん中に山盛りのそれを置いて、ご飯のおかずとして食べたのである。戦後になるまで私は、焼きそば一皿を一人で食べるということを知らなかった。大勢で突っつきながら食べるものだと思っていたのである。この店は戦後「曙」と称するが、当時の屋号は知らない。

その隣は「長嶋屋」である。日に一度は通った店だ。当時、おやつ（お三時と言っていた）の小遣いは五銭だった。これだと森永や明治のチョコレート、つまり板チョコの小さい方しか買えない。紙の裏に、四つか五つに区切った長方形の枠があり、どれか一つが黒くなっていた。その黒が全部揃うと、板チョコが一つ貰えるのである。ときどき全部黒いのがあった。大当たりで、もう一枚余分に貰えた。キャラメルもチョコと同じく小さいのしか買えない。おまけのついたグリコの方に人気があったようだ。姉は砂糖のついたビスケットが好物だった。

長嶋屋のおじさんもおばさんも、子供にはかけがえのない存在であった。横の路地を入ると、お菓子の工場があって、よくそこで餡をもらった。和菓子は大人が買うものだから、子供には縁がなかった。

小町通りのお店いろいろ（三）

路地を挟んで、モタイさんの美容院があった。縦長の看板が張り出ていて、パーマネント・ウエーブと書いてあったように思う。贅沢は敵だ、という標語がさかんに口にされるようになったとき、子供の私はモタイさんに同情した。あんなおとなしい人が非国民であるとは考えられなかったのである。看板を外したかどうかは覚えていない。

その先は曖昧である。「西京屋」という京都のものを売る店があったようだが、子供だった私には関心がなかったのかも知れない。

その隣が「蒲」という飲み屋だった。この「かば」さんには、勤め帰りの人や職人さんがよく寄っていた。多分コップ酒などを立ち飲みしていたのだろう。のちにこの店は線路の方に引っ越すことになる。

はっきりはしないが、それより、この辺りに郵便局があったことがうっすら記憶にある。多分、ある時期まで小町郵便局というのがあったのだろう。

そういえば、小学校でも郵便貯金をやっていた。郵便局の職員が出張してきていたのだろうか。二十銭とか三十銭の金額を記した郵便貯金の通帳を持っていたことを覚えている。

瀬戸橋の横にすし屋があった。「すし鉄」である。橋の向こうは前に書いたように風呂屋である。家に風呂はあったし、後で書くように磯見旅館の風呂に入ることが多かったし、ときには川古江家の五右衛門風呂に行くこともあったが、それでもこのお風呂屋にはよく通った。大体は父に連れて行ってもらったのだが、子供たちだけで行くこともあった。広いし、お湯もたっぷりしていたから、遊び場のようなものだった。父に頭を洗ってもらうのが苦痛だった。その代わり脱衣所には活動写真のポスターなどが貼ってあって、情報を仕入れるのに大いに役立った。

その先の記憶は肉屋の「東洋」までない。それから「永原園」があり、さらにその先数軒のところに、名前はついぞ気にしなかったが、小さい焼肉屋があった。そこではおばあさんが一人で商売していた。チャーシューがおばあさんの手で薄切りにされていくのを見ながら、いつかあの魅力的な色の塊を食べたいと思い続けていた。

あとは牛乳屋さんとか、氷屋さんのことを覚えている。氷を大きな鋸で切っていく、その音は耳に残っている。当時は冷蔵庫で氷が必要だったから、わが家でも、ここで求めていたのだろうが、さすがに大きな氷の塊を持ち帰った記憶はない。子供には手に負えなかったのだろう。さらに中杉辰雄さんの洗濯屋さんが当時から商売をしていた。だが、わが家では、あとで述べるように出入りの洗濯屋さんがあったからお世話になったことはないと思う。その先は多分、普通の人家だったが、お屋敷然とした大きな家があった。大竹さんとか、幾つか覚えている名前もある。

以上が記憶にある古い小町通りの左右の商店だが、その幾つかは現在も商売をしている。ここに記した店の名前を手がかりに探してごらんになるのもいいだろう。古い鎌倉人は、それらの店を何となく贔屓しているのである。

磯見旅館の玄関わき。祭りに来た仙台の鈴叔母の息子、シゲハルちゃん

夜の小町通りは寂しかった。ほとんど人は通らないし、明るい照明もなかった。一番嫌だったのは、ときおり流して歩くラフ屋、あるいはラオ屋のもの悲しげな笛の音である。煙管の竹の部分を掃

除する人とは聞いていたが、一度も呼び止めたことはない。勿論、どんな人が流していたか、確かめる勇気もなく、ただただ、薄気味が悪かったのである。

周りの大人たち

下駄屋の喜作おじさんが脳溢血で倒れた。おばさんの看病ぶりはたいへんなものだった。回復に効くときけば何でも試してみた。私は、よくおじさんの耳から血を採っているおばさんを見た。耳たぶに浅い傷をつけ、にじみ出た血を紙で拭うのである。やがておじさんは、また彫刻刀を握れるようになった。そうしていつもの下駄でなく、般若の面を彫り始めた。私たちはときどき二階の部屋をのぞいては、その仕上がりぶりを見ていた。子供の目にも、それはすばらしい出来栄えに映った。あとで考えれば、病気になったおじさんが、後に残る終生の大作に挑んだのかも知れない。

由比ガ浜。左側に下駄屋のおばさんとキーちゃん。あとは後方に姉、中央にいとこの素子。右は弟の明。隣近所で連れ立ってよく遊びに行った

喜作さんの友達に、八幡前の鎌倉彫屋の安斎さんがいる。その安斎さんの田舎が千葉の木更津で、夏になると喜作さんとキーちゃんを誘って東京湾を渡った。それに兄と私を交替で連れて行ってくれたのである。私は生まれて初めて船に乗った。一トンの船で「月丸」という名前だった。木更津では安斎さんの親類の家に泊めてもらい、蟹とか海老を毎日のようにご馳走になった。夏休みの中でも、格別に豪華で楽しい体験だった。それにしても、近所の付き合いとはいえ、隣の子を旅行に連れ

て行くのが何でもない世間だったのである。

裏の井戸で魚をさばく魚屋さんは小柄で威勢のいいおじさんだった。妙本寺の入り口にある魚屋さんだったらしい。このおじさんには特技があった。ガラスをバリバリ食べるのである。子供たちは畏敬の目でその様子を見つめていた。おじさんによれば、ガラスも窓ガラスやビンによって味が違うということだった。

うちの洗濯屋さんは、いまも息子さんが引き継いでいる材木座の「鳥養」さんである。喜一郎という名前だったそうだが、この「とりかい」さんはモダンな人で、兄弟と仲間でハワイアン・バンドを結成していた。夏になるとよく川古江家の二階で演奏会を開いた。どんな音楽であれ、およそ生演奏など聴く機会のない私たちは、それを楽しみにしていた。

お春さんというおばさんが、家族の一員のようによく家にいた。磯見タクシーの運転手さんの奥さんだった人らしいが、当時の私たちには分からなかった。お春さんは、現在の東急ストアの場所にあった磯見タクシー専用のガレージ、つまり車庫兼修理工場の奥に住んでいた。その部屋には大きな火鉢があって、その引き出しを開けると、煙草の箱に入っている銀紙を張り合わせた大きな銀の玉が出てきた。煙草好きで、紙巻煙草だけでなく、煙管をくゆらせていることも多かった。そのお春さんには船員の息子さんがいて、遠洋航海から帰ると、よく私たちにお土産として、南洋の果物を持って来てくれた。ドリアンとかマンゴスティーンなどという果物の名と味を知ったのはその息子さんのおかげだった。それにしてもよく国内に持ち込めたものだと今にして思う。お春さんから教わったことはたくさんある。いまでも覚えているのは、八幡様の裏の山で拾ってきた椎の実をフライパンで煎っているとき、つい面

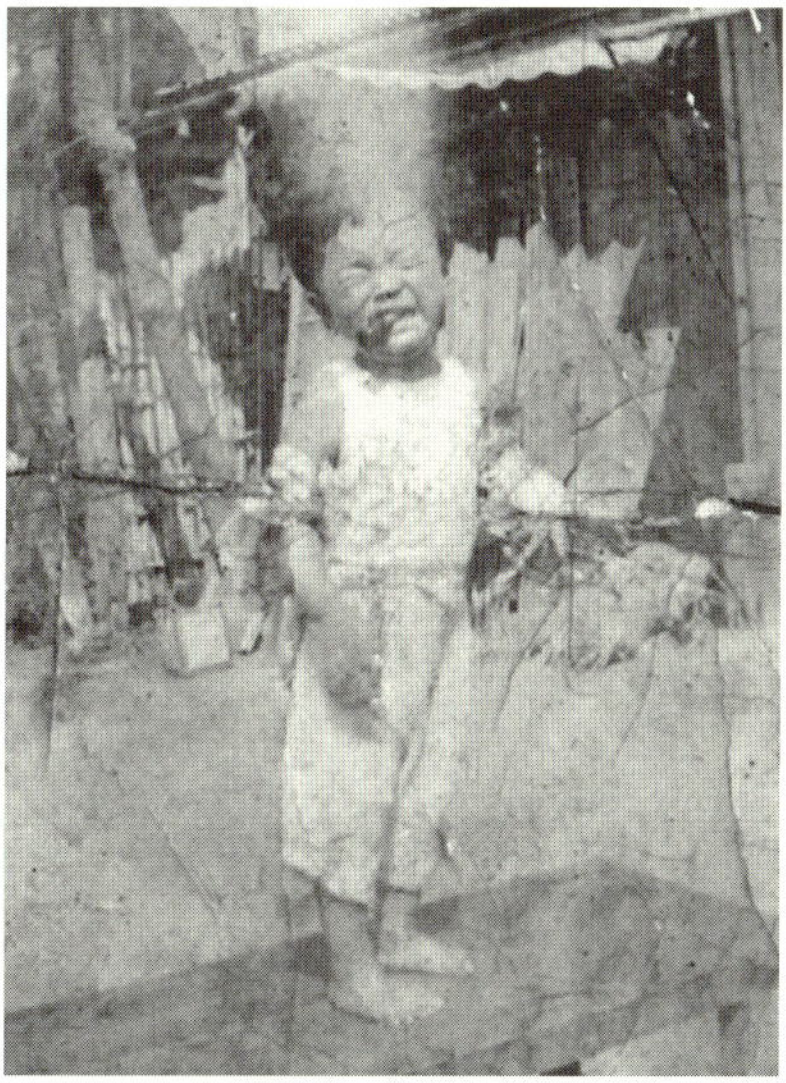

兄弟親類縁者、誰一人これが自分だと言うものはいない。多分、現在の東急ストアの場所にあった磯見タクシーの車庫の裏あたりの路地だろう。それにしても、カメラなど持ち歩く習慣のない当時、よくまあ、見事なシャッターチャンスを捉えたものだ。何をくわえているのだろう

倒なので、しばらくかき回さずに火にかけたままにしていると、お春さんは、遅くなるように見えても、始終かき回していた方が、結局は早く全体が煎れるものだよ、と注意してくれた。お春さんには分からないことがない、と私たちは信じていた。

磯見旅館の番頭さんは小平さんと言った。名前は、どんな字を書くのか知らないが、みんなが、こだいらたいら、と言っていたから平という珍しい名前だったのかも知れない。いつも着流しで、ひょこひょこと跳び歩いていた。無類の選挙好きで、何かの選挙が近づくとじっとしていられなくなり、目をぱちぱちさせながら、「まあ、ひとつお頼みしますよ」と贔屓の候補者を売り込んでいた。旅館では相当な権限をもっていたらしく、子供たちには少々怖い存在だった。

磯見旅館でもっと怖かったのは、お風呂の焚きつけを始め、男手のいる一切の下働きを引き受けていた「さとさん」だった。小柄で毛深く、腰が少し曲がっていたが、ものすごい働き者で、休んでいる姿を見たことがない。そして、少しでも邪魔になれば、主人すじの子供であろうと容赦なく叱り飛ばした。暮の餅つきは「さとさん」の晴れの活躍の舞台だった。狭い中庭で、朝早くから餅つきは始まる。旅館のほかの男の人や、叔父たちも手伝ったのだろうが、私の思い出の中では、「さとさん」の餅つき姿しかない。つきあがった餅を延ばしたり、丸めたりするのは女たちの役目で、それをさらに座敷に敷かれた新聞紙の上に運ぶのは子供たちの仕事であった。疲れを知らない「さとさん」を私たちは畏敬の思いで見ていた。のちに仲居さんの一人で、かなり太った女の人と結婚したので、「さとさん」はそれほどの歳ではなかったのかも知れないが、私たちは始めから「さとさん」をお爺さんのように思っていたのである。

ついでに磯見旅館の料理のことを書いておこう。

ここに一枚の往復葉書、いや「郵便往復はがき」がある。あて先は久米正雄である。文士を中心とした野球チーム老童軍が出したものだ。文面はこうである。

「力いっぱいの御努力も遂に酬ひられず、無念台亜軍にしてやられました事を思ひ廻らしますと、一層此の暑さが身にしみる思ひが致します。冷静に返って明年を期してもらひたいと申す意味では有りますまいが、駅前のイソミが皆様に一夕冷たいものでも召し上がって戴きたいから是非お出掛け願ひたいと申して参りました。

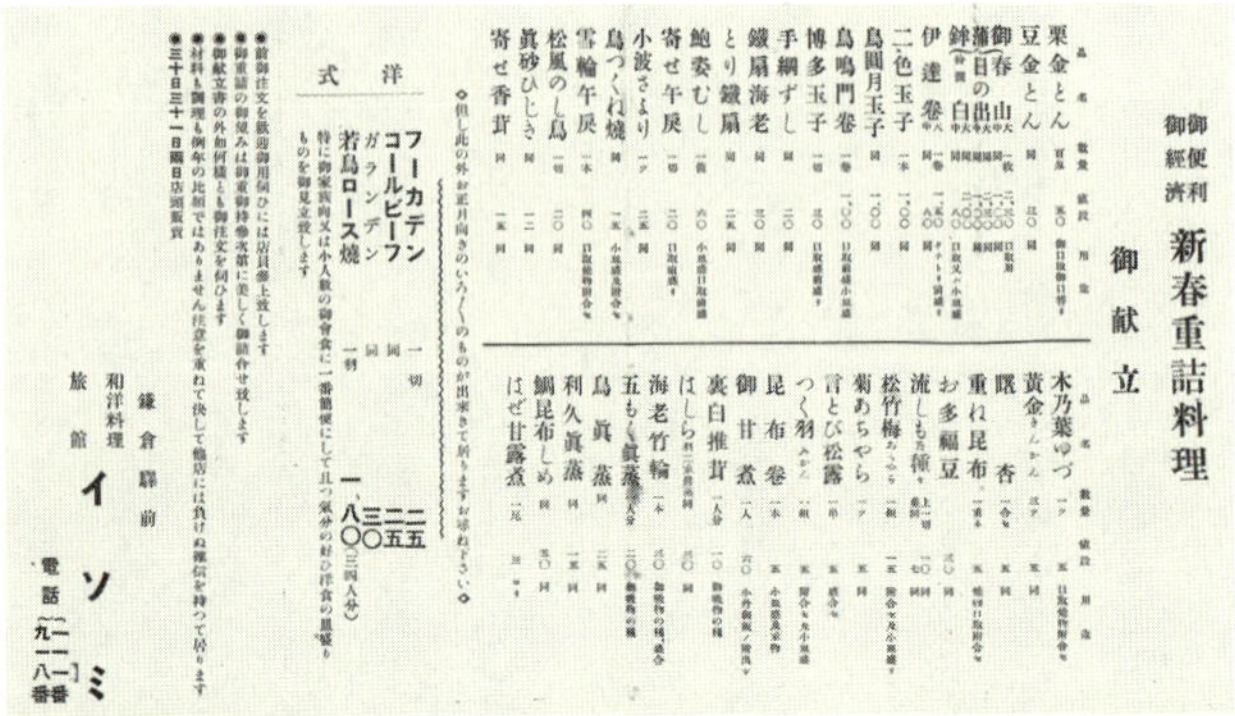

御便利 御經済 新春重詰料理 御献立

品名 数量 値段 用途

栗金とん 百瓦 五〇
豆金とん 同 三〇
御春山
蒲日の出
鉾白
伊達巻 一巻
二色玉子 一本 一、〇〇
鳥圓月玉子 同 一、〇〇
鳥鳴門巻 一巻 一、〇〇
博多玉子 一切 三〇
手綱ずし 同 二〇
鐵扇海老 同 三〇
とり鐵扇 同 二五
鮑姿むし 一個 六〇
寄せ午房 一切 二〇
小波さより 一ツ 二五
鳥つくね焼 同 一五
雪輪午房 一本 四〇
松風のし鳥 一切 二〇
眞砂ひじき 同 一三
寄せ香茸 同 一五

木乃葉ゆづ
黄金きんかん
羅 杏
重ね昆布
お多福豆
流しも五種
松竹梅
菊あちやら
言とび松露
つく羽
昆布巻
御甘煮
裏白椎茸
はしら
海老竹輪
五もく眞蒸
鳥眞蒸
利久眞蒸
鯛昆布しめ
はぜ甘露煮

◇但し此の外お正月向きのいろ〳〵のものが出来きて居りますお尋ね下さい◇

洋式
フーカデン 一切 二五
コールビーフ 同 二五
ガランデン 同 三〇
若鳥ロース焼 一羽 一、八〇(三四人分)
特に御家族向又は小人数の御會食に一番簡便にして且つ氣分の好い洋食の晨饌りものを御見立致します

●前御注文を歓迎御用伺ひには店員参上致します
●御重詰の御望みは御重御持参次第に美しく御詰合せ致します
●御献立書の外如何様とも御注文を伺ひます
●材料も調理も例年の比類ではありません注意を重ねて決して他店には負けぬ確信を持つて居ります
●三十日三十一日両日店頭販賣

鎌倉驛前
和洋料理
旅館 イソミ
電話 一一九・一八一番

磯見旅館の新春メニュー

何卒奮って御出席を願ひたいと思ひます。昭和九年八月十三日　日時　八月廿日午后三時　場所　駅前イソミ　　楠本大助　鷺田成男　長谷信男」

「御便利　御經済　新春重箱料理」とある献立表を見ると、当時の料理屋における料理の値段の大体の水準が分かる。「栗金とん　五十銭、伊達巻一巻　一円五十銭、鮑姿むし　六十銭、鳥つくね焼　十五銭」、以下三十種類以上あるので、すべては書けないが、蒲鉾が三種類に分かれていて、それぞれ春山、日の出、特選白と名づけられ、春山と日の出の大がそれぞれ二円三十銭で最高の値段である。それより洋式の部門をみよう。「フーカデン　一切　二五、コー

ルビーフ　一切　二五、ガランデン一切　三〇、若鳥ロース焼　一羽　一，八〇」、単位が書いてないが本当に銭でいいのだろうな、と心配になってきた。

隣の川古江家のことも書いておこう。川古江家（私たちは「カワゴンヤ」と言っていた）のおじいさんは、若い頃、川越から車を引いて鎌倉に商売に来ていたそうである。おそらく祖父と知り合い、鎌倉に住み着くことになったようだ。母の弟の茂が養子にいったのだから、祖父とは極めて親しい間柄だったのだろう。川古江家のおじいさんは相当な商売人で、金融にまで手を広げていたらしいが、私たち子供にはまさに好々爺で、とても優しかった。よくいっしょにラジオで大相撲の中継や浪花節を

川古江家のおじいさんと私たち兄弟。兄弟で野球の練習が駅前でできた。このユニホームは別荘を持っている桂さんから頂いたものと聞かされていた

聴いたりした。今でもふしぎなのは、浪花節が終わると、おじいさんが必ず虎造（とか綾太郎とか、米若とか名前を言って）「よくよんだ」と叫んだことである。この「よんだ」が「読んだ」なのか、「詠んだ」なのか、未だに私には分からない。

茂叔父は大きな人で、なぜか私たちはカワゴンヤのお兄ちゃんと呼んでいた。板前さんの格好で、そばを切る機械の前で働いていた。天麩羅を揚げているのを熱心に見ていた記憶がある。そういえば、よく天カスをもらってきた。「囚弁」という言葉を川古江家で覚えた。囚人用の弁当を引き受けていたのである。茂叔父は、野球が上手で、久米正雄などが結成した老童軍のキャッチャーをやっていた。なかなかの強打者でもあったらしい。材木座の光明寺の上にある球場によく叔父の試合を観に行った。

第二章　家族について

名前

わが家の子供たちの名前には一貫性が欠如している。親はどんな方針で名前をつけたのだろう。長男は四つか五つで他界したが、名前を哲と書いて「さとし」と読ませた。考えてみると、この名前が一番洒落ていて、意味ありげである。しかし、両親のことを思うと、どうしても自分たちでつけたとは信じがたい。どうして哲学の哲などという文字を思いついたのだろう。父親の名前が鐵太郎だったから、その鐵の音を生かしたのか。それでも、これを「さとし」と読ませたのは誰だったのだろう。

長女は喜代子だが、その姉が十数年前に死んだとき、葬儀場の立て看板にキヨ子とあった。義兄の話によると、籍にそう記載されていたのだそうだ。姉はカタカナの名前が田舎臭いとでも思っていたのだろうか。彼女は自分の名前をいつも七を三角に三つ重ねる喜の略字で書いていた。

兄は昭太郎で、誕生日は昭和二年一月一日だが、おそらくは数日しかなかった昭和元年の暮に生まれたに違いない。これは全く単純に昭和の御世を迎えた記念であ

多分、昭和18年3月頃の家族写真。私（後列左）が幼年学校に入学する前に撮ったものだろう

る。長男ではないのだが、哲が死んでいたから太郎とつけたのだ。私は昭和三年十一月十六日の生まれで、辰年の辰と、京都で天皇の御大典の儀式が行われた日ということで辰典という意味があるようでないような名をつけられた。両親の話によると、始めは大治郎とかいう名をつけるつもりだったが、その頃、その名前の強盗だか泥棒が出て止めたのだそうだ。「たつのり」という名前には出会ったことがなかったが、巨人軍に原辰徳が出てきて、初めて同発音の人がいることを知った。ただし、それからは、磯見辰徳と誤記す

る年賀状が激増した。どう書きますかと問われたとき、昔は乃木希典のスケです、と答えたものだが、今そんなことを言ったら余計分からなくなる。

次の明はそれこそ平凡で、名前に凝る意欲が全くなかったとしか考えられない。と思っていたら、テレビで、ほぼ同年代の明という名の人が、当時、この名前が流行っていたという話をしているのを聞いた。残念ながらその人が誰だったか思い出せない。年齢の離れている一番下の弟の名前をつけたときのことはよく覚えている。真珠湾攻撃の二日前に生まれたので、時局を反映した名前をつけようと、兄弟であれこれ議論して輝夫に決めた。それでも輝夫の夫を男にしない程度には少し感覚を働かせたのである。

たしかに、首尾一貫しない命名である。母はスミという片仮名の名だが、喜代子の場合と同じく、かっこが悪いと感じたのか、澄子と書くことが多かった。親に、もう少し語感や文字の形に神経を使ってくれる感覚があったら、もう一寸ハイカラな名前をつけてもらえたのではないか、と思ったこともあった。第一、こんな名前では流行作家になれないと見当違いの文句もつけた。でも、八十年近くも使っていれば、今さらペンネームでもあるまい、と思う程度には認めている。

父と母

前にも書いた通り、私たちの父は養子だった。鐵太郎という名だから、「てっちゃん」と呼ばれるのは当然だが、たいていの人が「くりさん」と言っていた。実家の姓が栗原だったからである。鎌倉に来たときに知り合った人は、そのときから「くりさん」と呼び続けていたということだ。

父の実家は東京の杉並区西荻窪にあった。私たちにとって「田舎へ行く」というのは東京へ行くことだった。もっとも当時の善福寺近辺は、教科書にあるような典型的な田舎で、田んぼと畑が広がっていた。栗原という名前の家が多かった。本家では父の長兄が煙草屋をやっていたが、相当な地所持ちであったらしく、またかなりの顔役でもあったらしく、私たちは善福寺池のボートにはただで乗っていた。長い間、この池が父の実家のものだと信じていた。分家の家も大きく、広い庭には、たくわんの大樽が並んで置かれ、おっそろしく気の強い鶏が我が物顔に歩き回っていた。

おそらく本家だったろうが、広い部屋の中央に布団が敷かれており、そこに白髪のおばあさんが寝ていた。父の母親だったのだろう。そのおばあさんが亡くなったとき、私たちも盛大な葬式に参列した。おばあさんは、いつもと同じように布団に横になっていた。私はこのとき、死んだ人を初めて目にしたのである。何か事あるごとに、私たちは東京の田舎へ出かけた。分家の誰かが出征したときのことはよく覚えている。

どうして父が鎌倉に来たのかよく知らないし、どのようにして母と結婚したのかも定かではない。父も母も小学校しか出ていなかった。よく書類に親の学歴を書く欄があったが、小学校と書くことに劣等感をもったことはなかった。周りの子供たちも似たり寄ったりだったからである。

父は桃園小学校を卒業した。それが、いつだったか、父の口から羽田の飛行学校に行っていたと聞かされて、少々得意になって学歴欄に飛行学校と書いたところをみる

父の運転する自動車。景色から見て、これは父の田舎、東京の西荻窪あたりだろう。乗せている子供たちは誰も知らない。車種は何なのだろう……

と、やっぱり気にはしていたものとみえる。本当はその学校で自動車免許をとっただけのことらしい。東京で流しのタクシー運転手をやっていたが、大正の初め頃、鎌倉にダットサンをもってやってきた。私は小学生のとき、鎌倉の海浜ホテルで行われた座談会に父が出席して、鎌倉に初めて自動車が来た当時のことを話している記事を読んでひどく得意になった。それは薄い小冊子だったが、それでも嬉しかったのである。

　まずは祖父の喜代松と知り合ったのだろう。長女である母との結婚で、父は磯見家の人間になった。やり手の祖父が、その事業の一部にタクシー部門を設けて父にまかせたのは、計算の上だったのかも知れない。酒も飲めない温厚な父と、どちらかと言えば派手な磯見の人間はどこかそぐわない。真面目であることは子供たちにも分かったが、道楽がなかったわけではない。囲碁、将棋、マージャン、玉突き、何でも好きだった。酒は飲まないが煙草は手放したことがない。趣味といえば観世流の謡曲で、家には謡曲の本が沢山あった。芝居は歌舞伎ではなく、大阪の喜劇役者・曾我廼家五郎が好きで、よく家中のものを連れて観に行った。不思議なのは宝塚の舞台にもよく連れて行ってもらったことだ。姉のためだったのかも知れない。戦後になって父が死んだとき、もう結婚していた私たちに、会葬者の一人が、「あんた方、お父さんの落語を聞いたことがあるかい」と言った。酒は飲めなくても、座を飽きさせることがなかったそうである。

とにかく父の一生は自動車とともにあった。戦後はグリーンハイヤーを手伝ったりしていたが、最後は茅ヶ崎の自動車学校の校長をつとめていた。死ぬ前日も自分で運転して帰宅していたのである。

どこかの料亭の内庭か。父（後列右から３人目）以外、勿論知っている人はいない。それにしても前方の男女、新派の芝居のように艶やかな風情である

喜代松一代記

子供の頃、祖父の喜代松については、おじいちゃんは信州から五十銭玉一つもって鎌倉に来て、人力車を引きながらお金を貯めた、と聞かされていた。

ここに昭和四十八年十二月の『鎌倉タイムス』がある。おそらく主幹の豊原正緒氏のペンネームだろうが、馬上亮吉氏による「大杉栄と磯見満」という記事が三回にわたって掲載された。満については後述するが、母の弟、つまり私の叔父である。

満氏の先代、喜代松氏は稀代のらつ腕家で、自動車のほか人力車から乗合馬車、さては芸妓置屋から鎌倉勧行場と、鎌倉駅前に君臨した実業家であった。……「鎌倉勧行場」というのは「勧商場」ともいい、多くの商店が組合をつくり、一つの建物のなかにいろいろな商品を陳列して販売したところである。

確かに祖父は、いつでも他の人から一目置かれる存在だった。それは子供の目にもはっきりと映った。それでも孫たちには甘かった。私たちには、川古江家との境の路地から、手首を上下させせながら、「昭太郎、辰、行くか」と呼びかける姿が忘れられない。釣りに行かないか、という誘いである。

祖父の後妻で、祖母にあたる人はフクという名だったが、私たちはなぜか「ばあばあ」と呼んでいた。やたらに手を洗う人だった。優しくはあったが、私たちは祖父ほどには親しみをもっていなかったように思う。もう一度、『鎌倉タイムス』を引用させてもらう。

磯見家はもともと鈴木姓であった。それが喜代松の代に磯見姓に変わるのである。鈴木喜代松は長谷大通り、現在の海岸通りバス停近くの牛肉店「米久」あたりで食堂を経営していた。震災前は長谷、坂ノ下は天下の貴顕が三橋旅館に遊んだように、鎌倉の繁華街の中心であった。

喜代松の妻はお駒と言った、……喜代松は道楽三昧―飲む、打つ、買うの極道のかぎりをつくし、食堂経営をかえりみることがなく、商売は世話女房まかせであった。

私たちは、血のつながったそのお駒という祖母を知らない。ただ母から話を聞いた記憶では、働き者で、男四人、女五人の子供を抱えて大変な苦労をしたそうだ。弟の輝夫の妻美智子が長谷寺の過去帳を調べてくれたが、その中に名前は分からないが、昭和二年七月二十一日に、四十歳で亡くなった人がいる。多分、この人がお駒だったのだろうと思う。

さらに引用を続ける。

海水浴シーズンになると、避暑にやってくる別荘族の奥方たちの髪ゆいをたのまれることがあり、お名指しのお得意ができた。いつの間にか家業より髪ゆいが専業になっていた。

上得意で常連の別荘族のなかに横浜で生糸を扱うイギリスの貿易商一家があり、その一家の家政婦役の人で、信州の酒造の娘だという老婦人がいた。老婦人は名を「磯見」といった。毎年夏になると鎌倉に避暑にきて、お駒さんの世話になった。老婦人はいつしか「髪結いの亭主」の放蕩ぶりを知って、お駒さんに同情をよせ、親身になって心配しだした。

「このままではいけませんことよ。いい方法がございますのよ」といって、老婦人がお駒さんに持ちかけた放蕩主の救済策は、お駒さん夫婦を磯見婦人の〝夫婦養子〟にするというのだった。老婦人に子がないせいもあったが、お駒さんの人柄にほれこんだからであろう。

（喜代松の夫婦と磯見婦人の）交遊は明治三十八年ごろからで、夫婦養子の縁組が成立したのは明治四十一年だった。喜代松が四十一才、この年次男「磯見満」が生まれている。赤旗事件がおき、大杉栄や村木源次郎たちが千葉監獄にいれられた年である。

鈴木喜代松から磯見喜代松となったお駒さん一家は、長谷通りからやがて鎌倉駅前に進出する。背景に養母の資力があった。喜代松の極道もぴったりとやみ、事業に精進しだした。

養母のきびしい教訓もあったし、放蕩三昧、道楽しほうだいの経験が、喜代松を稀代のらつ腕家にさせた。お駒夫人の内助の功はいうまでもない。

祖父 喜代松

勿論、私たちは祖父の養母となったこの老婦人を知らない。ただ先に挙げた過去帳に、昭和二年五月十日に亡くなったワカという女性の記録がある。この人が喜代松夫婦の養母であろう。なお、満叔父の息子蕃《まもる》の妻史子の調べでは、この老婦人自身が、磯見という家の養女だったそうだが、詳細は不明である。

お駒さんは母たち兄弟姉妹の実の母親だから、懐かしくその人となりを理想的に語るのは当然であろう。すると私たちが「ばあばあ」と呼んでいたおフクさんは誰だったのだろう。ばあばあにはときおり粋な物腰が見られた。母たちがどこかよそよそしく接していたのは、ばあばあが、祖父喜代松がどこか粋筋から迎えた後妻だったせいかもしれない。昭和二十二年に亡くなったとき、五十四歳だったというから、私たちのばあばあは、まだ四十歳そこそこだったことになる。

前に書いたように、祖父は釣りが好きだった。由比ガ浜にある釣堀が一番多い釣り場だった。それは今でも釣具店を経営している野畑さんが持っていた釣堀である。海水を取り入れていて、近海の海の魚が何でも釣れた。私たちは子供のくせに釣りの名人と大人たちにおだてられていい気になっていた。そこでは祖父は最高のお客さんだったようで、店の人にも大事にされていた。最大の目標は黒鯛で、これはなかなか手ごわかった。釣り針に掛かっても、釣り上げるのは子供には大変だった。兄は一度、黒鯛に引っ張られて釣堀に落ちたことがある。釣れなくて退屈すると、底にじっとしているかれいを、のぞきながら餌なしで引っ掛けた。釣堀の行きも帰りもうちのタクシーであった。

喜代松と末娘・喜子。喜子は大正２年生まれなので、大正末期か、昭和初期頃の写真か＜喜子の娘で私の従姉妹、鈴木喜美子提供＞

祖父には他に小坪からの船釣りに連れて行ってもらった。きす、めごち、ひらめなどがよく釣れたように思う。ずっと後に、徳冨蘆花の『自然と人生』を読んだとき、とりわけ相模灘の夕焼けが身近なものに感じられたのは、祖父と一緒に釣りをした思い出が心に焼き付いていていたせいだろう。

毎朝、祖父は玄関の外で、手を合わせて太陽を拝んでいた。私たちがレンズで紙を焼いていると、祖父はひどく怒った。「お日さんの光を無駄にするでねえ」。

その祖父が死んだのは昭和十八年四月二十八日のことである。

私は、後述するが、この年、名古屋の陸軍幼年学校に入学した。名古屋に発つ前、祖父の部屋に暇乞いに行った。祖父は病床にあったが、私に手を差し伸べて、元気で行ってこい、と言ってくれた。入学して間もなく、私は夢を見た。私は本店の風呂場にいた。そこへ祖父が入ってきたのである。それだけの夢だったが、それから数日後、姉からの手紙で祖父の死を知った。

したがってその死と葬儀の様子は、弟に記してもらおう。

――「おじいちゃんの息が止ったよ!」と誰かがとびこんでくる。母と私は急いで祖父の部屋へとんでいく。「また息を吹き返したよ」と集ったみんながホッとす

喜代松の葬儀のあとで、親類縁者がほとんどすべて集っての写真。本文に記した通り私は不在<従姉妹の青木三和提供>

る。そんなことが何度かくりかえされた。数日前から祖父は昏睡状態になっていた。祖父の部屋は我が長屋の一番駅側の二階だった。そこに、それこそ四、五十センチもあろうかと思われる分厚い布団に沈み込むように祖父は寝ていた。まわりには、おじ、おば、そして孫たちが囲んでいた。子供たちは、なんだか今か今かとまっているような気配だった。祖父の枕もとには、祖父の乾いた口に水をしめらせるためにか、水をふくませた脱脂綿の入った茶碗が置かれていた（ことによると、それは死後の儀式に使われたものかもしれないが)。それ以外に、どんな管のマスクもなかった。「少し交代して休んだら」と誰かが言えば、一人、二人と立っていく。こんな日が続いていたのである。死というものが何なのかなぞ思いもしない歳だった私だが、いつもとは違うおじいちゃんをみて「おじいちゃんは偉いんだ」と興奮していた気がする。後に高校生になって、リルケの『マルタの手記』で「入念な死に方、おのれにふさわしい鄭重な死に方がなくなっていく」ことの嘆きを読んだ時、すぐにイメージしたのは祖父の横たわっていたあの部屋だった。立派な広大な屋敷、高価な家具に囲まれた部屋ではなく、何もない畳の部屋の真ん中に敷かれた布団に祖父が寝ていたあの部屋だった。その荘厳さが、幼かった私の胸の奥に刻み込まれたのだろうか。誰もが持っている「死」をあれほどはっきり示した祖父、おのれの死を孫にみせた祖父を、私は今でも尊敬の念に満たされることなく思い出すことはない。祖父が実際に、あるいは社会的にどんな人だったのか、何をした人だったのかは知らない。それは私にとってどうでもいい事なのである。誰もが持っている死の尊厳性を示してくれた祖父だけでいいのである。

祖父のお葬式は、戦争中にもかかわらず大変なものだった。磯見旅館の玄関からすぐに二階への階段があったが、そこには布がしかれ、土足であがれるようにしてあった。弔問客はそのまま二階にしつらえた祭壇へ案内されていたのである。弔問客の列は今の駅前広場の外回りの全周に及び、お焼香はいつ果てるともしれなかった。大人たちは悲しみより、何か満足しているような面持ちで忙しく立ち働いていたのだった。子供心に祖父をすごいと思った。祖父そのものの死に様と、これほどの会葬者に感動しないはずはなかった。（明）

ここに祖父の葬儀の香奠帳がある。その表紙にはこうある。

昭和拾八年四月二拾八日午前壱時拾五分往生
蒼巌院喜譽松濤居士香奠帳
俗名　磯見喜代松
行年七拾七歳

本当はここに記載されている約三百五十人の名前をすべて挙げたいのだ。あるいは読者に思い当たる名前があって、興味を覚えるかも知れないからである。それは不可能だから、その幾つかを書き出してみよう。

始めは、小町区、小町々内会、鎌倉市警防団、湘南三業組合、在郷軍人小町班役員会、鎌倉芸妓組合、東京急行電鉄、鎌倉日蓮宗慈善会、上行寺鬼子母神講など団体で、拾圓から貳拾圓のお香奠である。

それから個人の名前が次のように始まる。

一ツ拾円也　鎌倉市長　鈴木富士弥
一ツ拾円也　市会議員　村上猶太郎
一ツ五円也　鎌倉署長　長谷川徳太郎
一ツ参拾円也　県会議員　山本正一

という具合に書いていていても煩雑だから、お名前だけを幾つか抜き出してみよう。

小町　上森子鉄　　腰越　須田房次郎
長谷　石渡惣左エ門　坂ノ下　長田晃華
材木座　磯部利右エ門　小町　清田喜一郎
小町　針谷武夫　雪ノ下　清川謹三
長谷　三橋珍彦　小町　中島正之助
小町　小役丸政子　小町　角田清蔵
八幡前　小池時一　鎌倉駅長　間庭朝男
小町薬局　田所重信　裏駅　魚佐次
宝戒寺　静川慈全　二階堂　石井正光
二楽荘　四十八願とめ　貴水　黒田一巳
野口食堂　野口一　浅草食堂　藤原義春
一心亭　小阪喜男　大木　大木喜代松

香風園　泉澤てる　　　勇亭　佐野勇次郎
小町　北見直次郎

きりがないからこの辺にしておくが、次の親族関係の部では、

三名連名で磯見鉄太郎　磯見満　新井田茂
長谷　三橋タカ
五名連名で猪狩義雄　鈴木ハナ　鈴木昇
原頼喜　三橋勇　　小町　吉村秀也

その他に、父の実家である杉並区善福寺町の栗原伊三郎、兄で三田四国町に住む栗原徳次郎、伯母の実家である横浜「鳥菊」の調理部、帳場、女中一同、川上忠広の名がある。

この香奠帳の最後に、こう記されている。

磯見喜代松　慶應三年三月八日生　昭和十八年四月二十八日午前一時十五分　急性肺炎ニテ死亡　行年七拾七歳

四月二十九日火葬　四月参拾日告別式　長谷寺墓地へ埋葬ス　妻フクの意志に依昭和十八年五月二十日、向ふ二十年間の廻向料金壱百圓也を添へ分骨す、日蓮宗総本山身延山久遠寺へ

祖父は興行師でもあった。祖父の家の玄関を入ると正面に大きな木製の番付表が掛かっていた。よく鎌倉に大相撲の興行を勧進元として打っていたのである。どこで相撲の巡業が行われたのか。

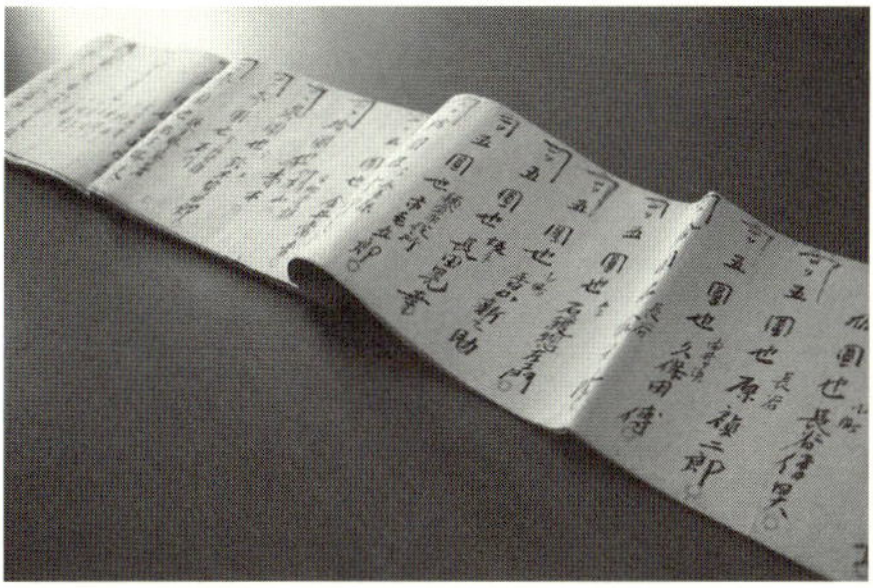

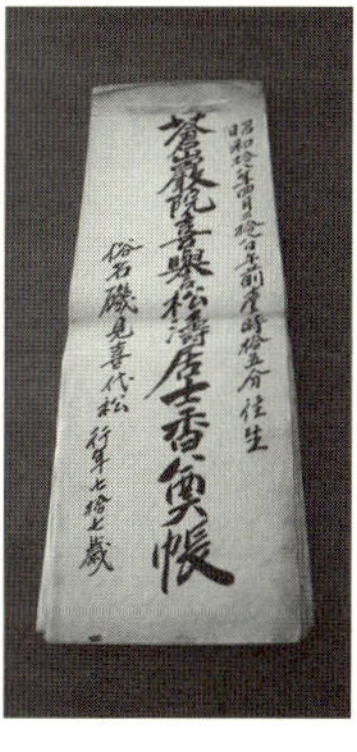

喜代松の香奠帳。縦 48 センチ、横 16.5 センチで 37 ページに及んでいる

裏駅（どうも西口は似合わない）を出た右手は広々した原っぱであった。そこに小屋掛けをしたのである。なにしろ勧進元の孫だから、私たちはただで相撲が見られた。横綱の男女ノ川が、兄を抱いて土俵入りをすることになっていたのに、兄が嫌がって実現しなかったそうだ。私は不思議に、体が弱く本場所も欠場が続く武蔵山に関心があった。ただこの悲劇の横綱と呼ばれる武蔵山が鎌倉に来たかどうかは定かではない。のちに横綱になった双葉山も祖父の興行に参加したかどうか分からない。

後年、飲み屋で会った読売新聞の記者に、あんたのおじいさんの名前が国技館の資料館にあるよ、と言われたが、まだ確認していない。

相撲だけでなく、祖父はよく芝居を掛けた。由比ガ浜通りにある松竹映画館、いや当時はただ劇場と呼んでいたが、そこで歌舞伎の興行が行われたのである。勿論、私たちはただで、しかも三角形の紙袋に入ったお菓子をもらって芝居を観たのである。多分、旅回りの一座が多かったのだろう。記憶しているのは「市川もみじ」という名前である。観た芝居で覚えているのはないが、弁天小僧吉之助の名前やその台詞を覚えたのはここである。この松竹の劇場では映画の他にも奇術とか浪

由比ガ浜通りの鎌倉劇場。坂東勝治郎大一座とあるから旅回りの芝居興行だろう〈提供：鈴木正子さん・協力：鎌倉市中央図書館〉

花節の興行がよく掛かっていた。祖父がそのどれに関わっていたのかは分からない。

　とにかく祖父は派手なことが好きだった。運転手を一人連れて、日本全国を廻ったということを聞かされた。私が一番記憶しているのは、後述する満叔父が幸子叔母と一緒に中国山東省の青島に住んでいたとき、飛行機でそこを訪問したことである。新聞に出た見出しの文字をよく覚えている。「七十翁、北支へ飛ぶ」。

第三章　学校の「思ひ出」

落第人生

私の通った小学校は御成尋常小学校である。母は第一小学校であり、御成は第二小学校に次いで新しい学校であった。名前の通り、御用邸の跡に建てられた由緒ある学校で、運動場の南側には宮内庁の職員のための寮があった。ときどき男の先生たちが、そこの職員と野球の試合をしていた。

神奈川師範附属小学校は、何となく特権的な存在で、できる子が行くところという認識が一般的であった。姉も兄も附属であった。当然、私も附属に行くつもりだった。

ここに一つ、ある史料（?）を使うことをお許し願いたい。「自分史」を書くつもりは全くないのだが、これから折に触れて引用する。

それは、六年生の終わりに、多分先生の指示で書いたのだろうが、『思出の六ヶ年』という作文である。四百字詰め十七枚の原稿は、十二歳の少年には労作と言えるかも知れない。誤字脱字の散見される原稿だが、私も歴史家のはしくれだから、引用は原文のママとする。

以下、もとの題は『思出』だが引用のさいは、『思ひ出』と表記する。文中では「思ひ出」と書いているからである。

附属の試験の記述は、ごく前の方にある。

（思ひ出）附属の試験の日だった。試験には或車屋さんの繪を見せて、この車屋さんは動いてゐますかはしってゐますか。又三角形を二つ見せ、これで四角形を作りなさいと言ふ問題が出た。（受験番號は八十一番だと思ったが）一日置いて次の日、合格か否かを見に行った。お父さんと一しょに自動車に乗って試験場に向かい、僕だけ自動車においてお父さんが見に行った。成か否か？　やがてお父さんがとんで来て「入ってゐるぞ」と言った。いよ〱くぢだ。八十一番と名を呼ばれて出て行く。くぢの入ってゐる筒のやうな物に紙をしほりにしてあるのが二つに分かれてゐた。其の分かれてゐる真中に一本のくぢがある。係りの人に持って行く。印がおしてない。不合格だ。雨天体操場を下駄箱に向かふ。「よくやったね」とお母さん風の人が自分の子供に言ってゐる。今考へてもしゃくでならない。
これが私の落第人生の始まりである。一度もストレートで入学試験にパスしたことがないのである。中学校も、大学も、いつも希望の学校にいっぺんで入れたことがない。この『思ひ出』の最後の部分には、湘南中学、それに当時併設されていた湘陽中学の入試のことと、そのいずれにも合格しなかったことが十七枚の原稿用紙のうち、ほぼ八枚を費やして書いている。少々長いが、思い切って引用してみよう。

（思ひ出）六年生　いよ〳〵試験地獄への第一歩をふみ出した。勉強〳〵でいやになってしまふ。遠足は追濱へ行った。大好きな飛行機の説明をして下さった。飛行機をあきる程見た。それから鷹取山をまはって歸る。今もその時の寫眞を眺めてゐる。運動會では四番だったか？　さあ、いよいよ試験だ。湘南中學に願書を出した僕は八日の六時五十三分の電車に乗って行く。伊藤君と一緒の試験場へ行くと剣道場が控え室になってゐた。ずい分待った。ウーッとサイレンが鳴った。胸がわく〱した。一番から五十番までを一組とする。僕は三組だった。第一日は身体検査をして、それから午後に口頭試問だった。身体検査は何でもないやうだったが耳の時になるととてもいやだった。検査の人が時計を片手に持って両方の手を耳のそばへ近ずけて行くとそれからどちらが鳴ったか、なってゐる方へ手を上げろと言ふのだ。カチカチたしかに聞こへるが、どちらで鳴っているのかわからない。右かな？　右に手を上げた。掛りの人が右の手は空だよと言った。顔が真赤になって熱くなった。又やり直しだ。こんどは容易にわかった。その室を出て体育館へ行く。視力は両方の目とも一・五だった。僕の前（一四五番）がしきもうだったと

文中の『思ひ出』の原本。それにしてももう少し気のきいたとじ紐がなかったものか

は気がつかなかった。身長が小島君より多かった。不思議だ。今度は、はだかになって、かるい体操。手首をふったり足首を曲げたり、のばしたりするだけだ。次にお醫者さんに見てもらった。其の室は地理室だった。やっと終ると控室へ行った。午後から口頭試問だ。サイレンが鳴る。皆集って前班（さっき言った何組、何組を其の組々で又半分に分ける。其の前の半分を前班、後の半分を後班とす）の人が先に出かけた。又サイレンがなる。僕等の番だ。胸がわく〳〵する。階段を上がって4Bと書いてある教室に入る。足がガタ〳〵ふるえる。教室にゐるものが残り少い。一四三番が行く。間もなく一四三番が「次の者」と呼びに来る。一四四番が出て行く。今度は僕の番だ。一四四番がよびに来た。さあ。いよ〳〵だ。廊下に出る。向ふの方でも心配さうな顔をして突立てゐる。一四三が出て行く。僕は次の者と言ひながら前の円（人が集っている所の意らしい）へ行った。野中君が出て来た。平気な顔をしてゐる。その中に一四四番が歸って来る。歩き出した。ドアの所で禮をし先生の前でかるく會釋をした。先生が「ハイッおこしかけなさい」とおっしゃった。椅子にこしかけると、名前を問われる。

上段中央にいる先生は小島先生らしいから、小学１年生のときか。
右に「神奈川縣鎌倉郡御成尋常高等小學校」とある

「磯見辰典」と答えると「君の兄さんは此の學校に来てるんだね」と言はれた。それから「お父さんは何所へ勤めに行ってゐますか」とか「お姉さんは何をしてゐますか」「それは何所にありますか、又兄弟喧嘩をしたことがありますか?」ありますと答へると「ほう成程、それではどんな時にしますか」と聞く。第一日目は簡単な問題だったが第二日目はどうかな?

第二日目。お母さんについて来ない様にたのんだのにどうしても来るといふ。湘南中學校の門をくぐるともう大分皆来てゐた。今日は午前が口頭試問、午後から體力テストだ。八時四十分サイレンが高く鳴る。皆集った。前班の者だけ劍道場を出て行った。十時二十分再びサイレンが鳴る。昨日ほどはガタ〳〵しないが、あまりいい氣もしない。

今日は椅子が置いてある。明日は何が置いてあるだらう。一四四番が出て來る。僕はスタ〳〵と歩き出した。昨日と同じやうにして腰をかける。「名前は」とすぐに聞いた。それから「運動はすきですか」「すきです」と答へると「どんな運動がすきだね」「ボールを使ふものなら何でもすきです」「運動をするとお腹がすくだらう」「何がすきだい？」「何がきらいだい」「運動するとどんな事がよくなる」「なぜ運動をしなければならないんだらうな」「日中で何が一番楽しい」「何時頃ねる？」次々に口頭の連發だ。やっと終って劍道場へ行く。午後から體力テストがある。お辯当をたべて体育館へ行く。上着をぬいで、軽い体操をして懸垂だ。何列かに列んで次々に出て行く。僕の番になった。一四五番と言ひながら鐵棒に飛付いた、と言っても台があった。その上からとびついた。イーチ、ニー、サン、シーそろ〳〵くたびれた。五ッ目でぽんと飛下りた。一四五番磯見辰典と言ってから洋服を着る。そのまゝ運動場へ。又洋服をぬぎボール投だ。一四五番と言いながらなげた。大分いったようだ。それが終るとすぐ幅跳だ。自分の番號を言ひ飛んでから又番號と名前を言ふ。それが終ると今度は走力を見る場所へ行く。それが一番苦手なのだ。前の組が走った。今更の如く胸が高なる。「用意」と声がかかった。ドンとピストルの音がする。全力をつくして走った。しかし半分をこへるとそろ〳〵息がくるしかった。僕の後を川村君が走ってゐる。僕の前は野中君だ。ドンと又ピストルがなった。同時に皆止った。チェ、二百米行ってゐない。洋服を着て控室へ行く。

よく細かいことまで覚えていると感心するし、緊張している様子もよく分かる。だが、三日目の受験生の雑談を読むと、何か余裕が感じられる。それにしても、控え室でのこの他愛もない対話をよく記憶していたものだ。これでは落ちるのも無理はないか。

（思ひ出）三日目　いよ〳〵試験も今日で終わりだ。午前中は口頭試問、午後は体操。今日も四Bの教室だ。又お話をしたり、なぞ〱をしたりした。なぞ〱で「力を入れないでひくものなーに」なんだと思ったら、かぜをひくんだそうだ。又「日本の中心は」と聞いた人へ、東京だとか皇室だとか言ったが皆まちがってゐる。聞いてみたら、楠木正成だと言ふ。なぜだらうと思ったら「日本の忠臣だよ」と言った。それから十米の井戸の中に蛙が一匹ゐて此の井戸から出やうと思ったが一日で五米進み眠ってゐる中に四米さがる。「上へたどりつくには何日かゝるか」算術の様ななぞ〱である。ちょっとこれは十日かゝると答へる。皆手を上げた。一人をさすと一日と答へる。けれど「ちがひます」オヤ〱では何日だらうと思ったら、二百番が答へるには「六日です」すると今度は「どうしてですか?」「上ってしまったらもう下らなくてゐるのだから」「成程そうだ」さて口頭試問の話に移らう。「君は學科で何がすきだね」「理科です」「どんな所がすきだね」「實験です」「近頃どんな實驗をしたかね」それから「綴方はかへしてもらったか」「一番きらいな學科は何だ」とか其の他色々な事を聞かれる。午後の体操はずっと列んで〇〇番と呼ばれると「ハイッ」と返事をして三歩大きく出て、「〇〇番〇〇〇〇」と名前

一つ前の写真と同じ校門前の集合写真だが、学年はたぶん６年生で、学年全員が写っている。市制が施行されたあとだから、右手の札には鎌倉郡ではなく鎌倉市と書いてあるはずだ

を言ふだけである。試験の三日間が終った。後は十四日発表を待ってゐるばかりだ。

そして発表である。当時は合格者は全員、新聞に名前が掲載されたようである。人生、二回目の悲哀である。

（思ひ出）十四日の朝　新聞を見た。出てゐない、落ちたのだ。依田君と伊藤君がでてゐない。野中君、北村君、齋藤君なぞが入ってゐる。明日は十五日の湘陽中學校の試験だけだ。

湘陽中学の試験とその結果である。

（思ひ出）十五日　午後から試験が始まる。口頭試問だ。口頭試問では「君は湘南を落ちたが、どんな所で落ちたと思った」「入りたいか」「他に願書を出してあるか」位なものだった。体力テストをやり直してもらった。今度の懸垂は八回程できた。ボール投は此の前と同じくらいだった。幅跳はどうもおもはしくなかった。走力テストは三百三十米ほど行けた。歸りの電車の中ですはってゐると前に居た人と其の隣の人が話をしてゐる。ふと氣が附くと其の人の胸に傷痍記章が輝いてゐる。みかん色にやゝ赤色がかってゐるものが四方に出、又矢じりが四方に廣がってゐる。「ノモンハンのハイラルに居まして東部隊と一しょになりました」と言ふ声が聞こえる。しばらくたつと「残念です」と言ふ。丁度驛についた。

十六日午後五時に発表だ。三時頃もう見に行った。山口君が來てゐた。ウーッとサイレンが鳴る。發表だ。原稿用紙に名前が書いてある。あゝ又僕の名が書いてないとは……。

佐助一周という行事があった。各地域の男子が、それぞれ地域名の入った旗をもって佐助一周をするのである。写真は校門を出発するときの様子

歸りは江ノ島電車に乘って歸った。僕の前に立ってゐる中學生が一本の椿の花を持ってゐた。所がその花がぽろりと落ちた。可憐な花。此の花の様に僕はふり落されたのかと思うと何となく悲しかった。後は附属の高等科のみだ。

これはかなり文学的な結末である。椿の花がぽろりと落ちたのは、間違いなく事実だったのだろう。筆者の名誉のためにもそう信じよう。

附属の高等科というのは、当時の小学校にあった卒業後二年間在籍す

る課程である。附属の場合には、これを卒業して神奈川師範学校に進学するコースになっていいた。小学校の先生になるためのもっとも普通の方法であった。私もどこかに先生になる気持ちがなかったわけではない。のちに小学校の教師として活動することになる岩田君や柳田君も同じ過程を踏んだ。

（思ひ出）附属の試験日→一人で受に行った。始めは体格検査だ。とても寒かった。検査表にKとつけてくれた。次は体力テスト。始めが國民体操、それから歩いたり、かけたり。跳箱もやった。懸垂もした。口頭試問はとてもむずかしかった。ロンドンへ横濱から行く航路の港を言ってごらんなさい、と言ふ問題が出た。發表は其の日の午後三時、雨の降る中を見に行った。やっと紙を持って來た。あっ、出てゐた。一番が出て居ない。増田君が落ちて居る。杉山君も中山君もでてゐない。

そしてこの回想は終わるのである。

（思ひ出）僕の六年間は樂しいものであり、又淋しいものであった。もう夢の様に通り過ぎて卒業式の時ももう二日後だ。六年間の思出を書いた筆を止めやう。

御成小学校の生活

何だかいきなり淋しい成り行きになってしまったが、小学校時代には、ふんだんに楽しい思い出がある。申し訳ないが、もう少し『思ひ出』に付き合っていただきたい。

（思ひ出）一年生（春）

朝だ！！　いつもより早く起きて學校へ行く。嬉しくて〳〵たまらない。皆元氣よく金ピカのボタンのついた洋服を着、ピカピカに磨いたくつをはき、お父さん、お母さんを引っ張るやうにして校門に入る。教室に入って青色の記章を貰った。

順々に名前を呼んでゆく。僕の名前が出た。「ハイッ」と元氣よく返事をして出て行き青い記章をもらひ、お母さんのところへ行かうと思ひ歩き出す。すると先生が「磯見たつのりさんですね」と言はれた。僕は何の氣なしに後を向いたまゝ、ピョコンと頭を下げて又歩き出した。あちらでもこちらでも父兄の人がクス〳〵笑ってゐる。何だか氣まりが悪かった。翌日より元氣に登校。とかく一年生は早く學校へ来たがるものだ。競技會の日、かけっこで一番をとった。これが六年までずっと續いたらよいものを。

一年生（秋）

運動會の日、四番だった。「何人でかけて?」とお母さんに聞かれて「五人で」と言ったら大笑ひされた。

とかく一年生は、とは随分生意気な書き方である。

いきなり駆けっこのことが出てくるが、その遅いことがずっとコンプレックスになっていたらしい。二年生のことを書いた文章は、「運動会では勿論四等……」と開き直って終わる。

　それにしても、あの頃の運動会は楽しかった。朝、花火があがる。きょうは運動会があるぞ、という地域全体への知らせである。清潔な運動着を持って子供たちは張り切って家を出る。家族はご馳走のつまった弁当を持って後から学校へ行く。運動場の右端にある大欅の下が出入場の場所になっていて、生徒たちは団体競技でも遊戯でも、徒競走でも、みんなまずここに集った。一等をとると校長先生だか教頭先生だかからご褒美がもらえる。今だったら、とてもそんなことは認められないだろう。お昼は大変

「修身」の教科書だけは八幡宮の神前で受領した。先生は勿論、父母まで列席した（同級生の大江三千代さん提供）

だ。家族が用意した弁当を囲んで、大騒ぎして食事をとる。親のいない子もいたに違いないが、どうしていたのだろう。先生がなにか面倒をみていたのか、友だちの家の弁当を一緒に食べたのか。そこまで気を廻した子供は一人もいなかったと思う。とにかく運動会は地域ぐるみのお祭りのようなものだった。

生徒にとっては、運動会のような催しだけでなく、日常の学校生活の一こまがひどく印象に残ることがあるようだ。

（思ひ出）（忘れた季節）　小島先生がいらっしゃらない時、隣の組の荒井先生がいらっしゃり「磯見さん背中を曲げてゐると肺病になりますよ」と言はれた事があった。朝會から僕等が歸って來た時、黒川君等が遅刻して僕等の來るのをまってゐた。小島先生が「なぜ遅れた」と問ふと、黒川君がまってゐましたとばかり「時計が遅れてゐたから遅れたんです」と答へる。すると他の者も「僕も時計が遅れてゐたんです」と聲を合せて言った。又、今一組に居る石橋君が小島先生に帽子を取って「おぢさん、今日は」と言った。今思ひ出してもおかしくなる。學藝會で太

小倉先生がおられるから、多分３年生のときの遠足。ただし、場所は不明。半僧坊か？

郎さんになった。一番始め僕の言ふ言葉は「ぢやあ僕、なはをもって來るよ」と言ふのだった。それからは忘れてしまった。

思へば幸福な一年間だった。

この学芸会での出し物は「お人形の病気」という題の芝居だった。役の中に、今で言えば解説者みたいなものがあった。「今日は花子さんの誕生日です……」とか何とかいう台詞だったと思う。何だか格好がいいので、その役をやりたかったが、もう一人候補者がいたため、みんなの意見を聞くことになった。

ところが私を支持してくれた人は一人もいなくて、この役はその子に奪われた。そこで太郎の役に甘んじたのである。お人形が病気で、元気のない花子さんを誘って一緒に遊ぼうという友だちの中の一人である。台詞は前に述べた「ぢやあ僕、なはを……」だけだった。

学芸会といえば、三年生までは、とにかく何かの役についていたようだ。四年生の『思ひ出』に、「学藝会の時、始めて其の他大勢になった」と書いているからである。その三年生の学芸会は、どうやらトルストイの作品だったようだ。

（思ひ出）學藝會の時、靴屋の夢をやった。當日。隣國の使者になったが、印をおしてもらう畫用紙をわすれて舞台に上がって、わすれたのに氣がつくと声が出なくなった。そして眞赤になった。後の方から先生が「早く言ってしまいなさい、早く言ってしまいなさい」とせきたてる。ます〳〵面くらった。やっと落着いて言ひ出さうとして口を開いたら、大臣になった日色君が「おい〳〵」と小さな声で言った。ふり向くと手に畫用紙を僕の手に渡した。やっと落着いてやっと声が出る。

時局を反映してか、五年生のときは、出し物ががらりと変わっている。冒頭の「五年ぶり」というのは意味がわからない。

（思ひ出）五年ぶりに。學藝會に忠臣の鏡をやった。和気清麿、楠正行、忠臣蔵。僕等の組では楠正行をした。楠正行が出てきた時、手を打たず、馬が出てきた時、手をたたいた。お母さんが斎藤君がうまいとほめてゐて泉君は下手だと言ってゐた。僕は近所の子供になった。

何だ、これも其の他大勢じゃないか。鏡は鑑、清麿は清麿呂だろうが、それにしても、楠正行ではなく、馬に拍手がきたというのは、想像するだけで面白い。

二年生のとき、私はジフテリアに罹った。法定伝染病という言葉を初めて知った。病院は鎌倉病院だった。生死の間をさまよった、とあとで聞かされたが、もとよりどんな気持ちであったか、全く記憶にない。ただ私の病気のために、御成小学校の教室が消毒されたと聞いて、へえ、そんなことがあるの、と法定伝染病の威力に感じ入った。はっきりしているのは、以後、私は風邪をひくと、すぐに喉が痛くなる扁桃腺肥大という持病を抱えたことである。

（思ひ出）二年生（春）　先生が変ると言ふ事が僕の耳に入った。先生が轉校する時、何所教室だったか、其の教室に一年に一組であった人を集めて「一組の人は手をあげてごらん」とか「二組の人は手を上げてごらん」とか、その慈愛深い眼で僕等を見下ろしてくれた。今も遠いところで僕等をみてゐて下さる事でせう。二年生の受持の先生は荒井先生だった。二學期にジフテリヤにかゝって病院に入院する。たいくつで〳〵たまらない。しかしそのかはり毎日〳〵頭の上に本がつまれる。約四週間ほどしてやうやく退院だ。それでも家に歸って十六日間、ねたり起きたりしてゐなければならなかった。やうやく學校へ行ける日が来た。カバンを背負ふとふら〳〵して歩けなかった。學校へ行ったけれど　當分朝會は休ませてもらった。

私は歌がうまかった、と今でも同級生は思っていてくれているようだ。その発端は、この二年生のときの出来事である。これも現在では親たちから文句がでてもおかしくない成り行きである。学芸会に遊戯をすることになっていた。その練習を講堂でやっていたら、掃除中の高等科の生徒が聴いていた。御成の高等科はすべて女生徒である。歌は「かもめの水兵さん」で、合唱に合わせて数十人が舞台で踊るのである。

（思ひ出）學藝會が近ずく或日、僕等が唱歌の練習をしてゐると高等科の生徒が何か言ってゐたけれど僕等には何を言ってゐたのかわからなかった。教室に入ると荒井先生が「男の子でおかっぱの人が唱歌がうまいと高等科の生徒が言ってゐたんです。だれでせう」と。僕はさっき練習の時、隣にゐた人（だれだかわからない）の方に目を向けた。ところが其の人もこちらを見てゐる。ふとほう〴〵を見ると皆がこちらを見てゐる。ハテナ？　と思って先生の方を見ると先生の眼もこちらを見てゐる。ます〳〵氣味が悪くなった。此々まではおぼへてゐるが、それからどうして僕が一人で歌ふやうになったのかさっぱりわからない。不思議にそれから十點をとるやうになった。

急遽、私が独唱をすることになったのである。ただ「おかっぱの人」と言われたからには、当時私はまだ坊主頭ではなかったことになる。すでに私を丸坊主にした松本床屋のおじさんのことを書いたが、少なくとも、この時点では、私の頭には、まだしらみが湧いていなかったということになる。

歌がうまかったと言うより、ただひたすら声が高かったのである。陰で歌っていると、女の子に間違えられた。加藤君は、私のことを「芸者」と言ってからかった。猛烈に怒らなければならないのに、あまり喧嘩をした記憶がない。実は、磯見という家は芸者置屋をやっていたことがあるのだ。古い鎌倉・江の島の旅行案内の本に、そんな広告があったのである。あまり怒らなかったのは、第一、芸者がどんなものか知らなかったからであろう。

歌がうまいという評判は、三年生の学芸会にも影響した。隣の組の芝居に客演

御成小学校の学芸会であろう。ただし、いつの学年か、出し物が何かはわからない

出演までしたのである。今で言えばミュージカルのようなものだったのだろう。「春が来た」とかなんとか、そんな題名だった。

要するに冬の世界が終わりに近づき、春の女神が現れて、春の楽しさを伝えるといった内容を、音楽を主にして舞台に展開させるのである。主役にいとこの鈴木葉子がなった。その女神が踊る歌を独唱したのである。誰かご存知の方があれば、教えてもらいたいが、たしか野口雨情の作詩で、「河原柳」という歌であった。「南風吹け、麦の穂に、河原柳の影法師……」という歌いだしで「最早今年も、澤潟の、花はちらほら、咲きました」というのが一番で、澤潟を除けば、まあ分かる。だが二番の「待ちも暮しもしたけれど、河原柳の影法師、山に父母、蔦葛羅、何故にこの頃、山恋し」に至っては、何のことやら。はっきりしているのは、これは小学三年生が歌うような歌ではなかった、ということだ。

三年生のとき、先生から突然、ピアノを教えてあげると言われた。今から考えると、これはとんでもないえこひいきだが、とにかく毎週土曜日の午後、先生からいただいた赤い表紙のバイエルの教則本を持って学校に通った。惜しいことをした、と後年になって後悔するのだが、その頃は欲がなかったのか、他に遊ぶことが多かったのか、一向に熱心ではなかった。それに家にはピアノがなかった。親は喜んで、オルガンを買ってくれた。ピアノを買うお金がなかったのか、置き場所がなかったのか、いや何より親にはピアノもオルガンも同じようなものだと思えていたのだ。私もまた、わが家にピアノは相応しくない、という気がしていた。結局、チェルニーの三十番で私のピアノのお稽古は終わってしまった。先生は、音楽学校に進むように勧めてくださった。だが音楽家というのは、当時の普通の男の子には全く馴染まない将来であったし、想像外のことだった。
四年生になると、私の音楽的能力には根拠がないものであることが暴露された。声が高かっただけで、音感が皆無であることが、上級生の音楽で重視された和音の聞き取りではっきりしたのである。その上、飛行機の爆音で機種をあてるのは、不得意であった。音楽の成績は確実に下がり、以後、音楽で目立つことはなかった。わが家のオルガンは、遊びに来る子供たちの玩具になった。

(思ひ出)二年生までは、かくべつ面白い事はない。かうして我々は次第に學校になれて來た。又下級生が來て始めて兄貴分になったやうな感じがした。運動會では勿論四等……

三年生(春)或日のお晝休に始めてドッヂボールをした。小さい時から野球をしてゐたせいか選手になれた。此の頃からドッヂボールがはやる。或土曜日の日だった。何時間目だか忘れたが、何でも零と零がたせるかとなった時、僕等はたせると大いに反對した。たせないのはわかってゐるが言葉のはずみに言ってしまった。小倉先生はそれならたしてごらんなさいといって反對したものに白ぼくを持たせて教壇を下りた。門野君が「零と零をたせば八になるなあ」と小さな声で言った。さんぐ〵お目玉をいたゞいてから机にもどるともう歸る時間だ。しばらくたった父兄會にせんせいに口答へをすると言われてしまった。教室が變る。分教所だ。節分の綴方に或地方ではくさった魚を上げるのださうだ。臭くて鬼が逃げるやうにだらうと朝の新聞で見て來たばかりのを書いたことがある。又、級長の選挙に皆園田君に投票しやうと言ってゐる。しゃくにさはったので門野君と出してやった。後で聞いたら門野君も僕に投票して下さったそうな。されど空しく園田君の物となった、チェ！！　遠足は横須賀へ行った。三笠と○○を見た。○○では手を洗ってから入る。ずい分清潔なものだと思った。とても愉快だった。運動會でのリレーはびりだった。ドッヂボールの試合をやった。始めは勝ったがつぎの時には負けてしまった。

されど空しく、とは生意気な言い方だ。それにしても、横須賀で三笠と○○を見

3年生のときの横須賀への遠足

た、と書いてあるのは時局を反映しているのだろうか。○○は多分軍艦の名前だろうが、小学生がそこまで神経を使うだろうか。ただ格好をつけただけかも知れない。

この『思ひ出』で私がもっとも気に入っているのは、四年生の部分である。まったく言いたいことを言っている。

（思ひ出）四年生　先生が變る。山口先生だ。小島や竹村と言ふ乱暴なのが入って來た。一般に獰猛な者が多い。小島と喧嘩をしたが思ったより弱かった。竹村が列に入りこんで來たので突き飛ばしたら、怒った後であやまりに來た。馬鹿な話だ。土屋と言ふ者と齋之平君が入って來た。齋之平は鼻たらしである。北村と言ふとてもおしゃべりなものが入って來た。泉と言ふ少々、竹村小島におべっかをつかふ者が來る。けれど勉強はよく出來る。斎藤と言ふ不良じみた者が居る。父は朝日新聞の記者である。映畫は平気で見る。東京横浜へ一人で行く事を何とも思はない。黒田、杉山と言ふ者がゐる。黒田君はチャンバラを深く愛用する。菊岡と言ふ何となく悪い者が來た。山崎君、浅田君、柳田君もちょっとそう言ふ感じがする。

鼻たらしだ、おしゃべりだ、おべっかつかいだ、と言いたい放題である。不良じみた者と断定した斎藤勝君は、後年、自分も朝日新聞に入り、「サイカツ」さんと呼ばれて親しまれていたようだ。後輩で朝日の論説に関わっている駒野剛君の調べでは、彼は横浜支局長、社長秘書役を歴任し、退職時は編集庶務次長だったそうである。実は、この連載を一番待っていてくれたのは彼である。同窓会を鎌倉で開いた二次会で、あるバーに行った。地元の者が「あそこの嫁は誰々の娘でさあ」とか「あいつはよく知ってるけど、道楽もんで奥さん困ってらあ」とか世間話を始めたら、斎藤君が急に怒り出した。「いやだねえ、いやだねえ、地元のやつらはこれだからいやだねえ」。私には、鎌倉を長く離れていた彼の悲哀みたいなものが痛く感じられた。もっと早く書いて生前の斎藤君に見せたかった。

チャンバラ好きの黒田君は、前に書いたが、駅前から若宮大路に出る通りにある寿司屋「貴水」の息子である。本当に気のいい男で皆から愛されていた。大人になってから新橋に店を出していて、私も通ったが、早世してしまった。兄上はご健在である。

親友だったのに「菊岡という何となく悪い者が来た」と書いたのはどういう心理だろう。菊岡忍君はのちに山田佐太郎から菊岡裕晃と改名し、東京藝術大学の邦楽の教授になり、長唄界に名を残すことになる。ＮＨＫで「三味線のおけいこ」という番組を担当していたこともあった。「長唄東音会」の設立に関わり、大きな足跡をのこしたが、平成十一年に他界した。その三回忌に出た追悼文集に私も一文を寄稿した。「舐めてみろ」という題である。渡り廊下の掃除をしていたとき、通りかかった下級生の男の子が「わあ、きれい」と褒めた。とたんに菊岡君が「舐めてみろ」といったそのタイミングの見事さに唖然として親友の顔を見上げた、という話である。生きていれば人間国宝になったかも知れない同級生である。

扇ヶ谷の海蔵寺の息子細井禎一君は大ボスだったが、今は温厚な同窓会の世話人である。そういえば、私の歯は野崎篤君に任せている。私の入れ歯はすべて梶原の野崎歯科医院製である。残念ながらその医院も、平成二十二年の暮に閉じてしまった。フランス文学者村上光彦君とは、何でもよくできる生徒がいるという評判は聞いていたが、小学校時代にはほとんど面識がなかった。

さて、少々長すぎた「思ひ出」の最後の引用は、足の遅いことに劣等感をもっていた筆者の名誉挽回のためである。

（思ひ出）運動會の日、障碍物競走をした。スタートした。一生懸命に走った。前にはだれもいない。シメタ！！　棒を持った。はしった。ひもをくぐった。すぐ追って來た人がゐる。あっ！！　帽子を落した。しめたとかけたく〳〵。お母さんがちょっと驚いたやうだ。なにしろ五年間一番に走ったことがないのだから無理もない事だらう。ひもがたくさん張ってある。ピョン〳〵それをとびこえる。草柳君が出て來た。ちょっとつまずいた。胸にテープを切った。

附属小学校と兄の友だち

前に書いたように、兄は、私が落ちた附属の生徒だった。附属小学校のことは兄に書いてもらおう。

――私の通っていた学校は、八幡宮に近い神奈川師範附属小学校（通称附属）であった。鎌倉の住民は大ざっぱに言って、昔から住んでいる商人、職人たちと外から移り住んできた文化人、軍人、勤め人の二つに分けられる。附属に入るのは主に後者の子弟が多く、地元の子の数は比較的少なかった。磯見の家では、私の姉と従姉妹ふたりが入っていたので、親は私も附属に入れようとしたのだろう。

入学選抜が奇妙で、壇の上の壺や箱に立てられたこよりをひとりひとり順番に引いてゆき、こよりの下の方に「合」の赤印があれば合格という次第であった。クラスは男女別で各一組、人数は四、五十人ではなかったかと思う。

駅前の家から学校までは、たいてい若宮大路の段葛を通っていた。三の鳥居をくぐり、源平池のほとりを右に回って学校に行くのである。当時も桜の満開のときには花のトンネルを行く塩梅で、学校の帰りに帽子の中に、散る花びらを何枚受け止めるか競争したりした。一緒に通う友達の中に、ひとり話のうまいのがいて、行き帰りの道、思いつきの創作話を巧みに語って聞かせ、私たちを魅了した記憶がある。

成績から言えば、私など最低線にいたのだが、学校はまあまあ楽しかった。他の一般の学校と違っているところは、師範学校の附属と言われるだけあって、年間に何回か、本校の最上級生が教育実習のために、教生の先生としてクラスに二、三名ずつ配属されたことである。これらの先生に対して生徒たちは、担任の先生とは違った親しみを抱いた。七月に入ると、その先生たちとともに、材木座の海岸に水泳に連れて行ってもらったことも忘れがたい。
もう一つ思い出すのは、昼休みの過ごし方である。本校にサッカー部（当時は蹴球部と言った）があってかなり強かった。本校、附属とつながる校庭には、サッカー・ゴールがあったように思う。その影響もあってか、昼休みの男の子の遊びといえば、たいていボール蹴りだった。このことは、神奈川県の中学で活躍したサッカー選手が附属出身者の中から多く出る結果を生んだのかも知れない。（昭太郎）

附属に入学したばかりの兄（向かって左）と、いとこのキンちゃんこと鈴木欣哉（既出の鈴木葉子の兄）。場所は小町十五番地。現在の酒場「いさむ」

附属に通っていた兄の友だちと知り合ったのは、よく兄たちが海岸でやっていた野球について行ったからである。今でもその十人ぐらいの名前を覚えている。由比ガ浜通りにある歯科医院の子供である古城さんには弟がいて、私と同じように兄さんについて来ていた。名前からして上品だったのは三ノ宮さんである。侍従長の息子、珍田さんにも弟がいた。今も八幡宮の近くに住む田尻さんともよく付き合った。

多分、一番親しかったのは太田淳平さんだったろう。よく家にも遊びに来たし、私たちも、佐助への道を左に入ったところにある太田さんの家へ行った。その近所の空家の庭で、太田さんを妹のますみちゃんが、私が兄を、そしてもう一人の友人小出信乃夫さんを妹のとみ子ちゃんが背負って競走したこともある。ずっとそれは太田さんの家の庭だと思っていたが、どうやら空家に入り込んでの所業であったようだ。

太田さんには、まだ思い出がある。ある日、太田さんが家に来て、兄に本を貸してくれた。そのときの言葉をよく覚えている。「これ便所で読んでもいいよ。前に借りたの便所で読んだから」。後年、淳平さんはシティ・バンクの偉い人になったが、定年後、ふとしたことから、私が演出した素人芝居に出演してくれた。それこそ四十年ぶりのことである。

失礼だから本名は書かないが、ブタ松というあだ名の人がいた。これが分からなかった。ブタ松とは一体何者か。分かったのは、廣澤虎造の浪曲「森の石松」の一節を注意深く聴いたときだ。「大阪の八軒や（これは違うかもしれない）から舟が出る。舟が川の半ばへ出る。どこへ行っても変わらないのは乗り合い衆の話。りこうが馬鹿になって大きな声で話す……」。よくこんな文句を覚えているものだ。まあとにかく、相手が次郎長の子分たちの名前を大政、小政から列挙するのに石松が自分の名前が出てこなくていらいらする箇所で、その名前の最後の方にブタ松が出るのである。一体、誰がこんなあだ名を思いついたのだろう。

年齢も学校も違う兄の友だちなのに今もお付き合いがあることを有難いと思う。

第四章　子供を取り巻く世界

分かることしか教わらない、それも大人たちが、これなら子供にも分かるだろうと判断したことしか教わらない今の子供は不幸である。子供には分からないことを受け入れる柔軟な可能性が宿っているのだ。私たちの子供の時代では、学校でさえ、分からないことを平気で教えた。

一番印象に残っている歌は、「児島高徳」である。おそらく同年代の人で、この歌を知らない人はいないだろう。だが小学生のとき、その意味を理解していた人も多分いないと思う。「船坂山や杉坂と、御あと慕ひて院の庄。微衷をいかで聞えんと、桜の幹に十字の詩」。ここまでだって分からないことばかりだ。後醍醐天皇のあとを慕って来た児島高徳が桜を削って詩を書いた、ということは多分先生から教わっていただろう。だが、院の庄が何かを知り、微衷を「びちゅう」と読むことなどできたのだろうか。問題はそれからだ。十字の詩というが、そのあとは「天勾践を空しうする莫れ、時に范蠡無きにしも非ず」で十字どころではない。漢文も漢詩

多分、附属小学校にいた姉（右の最後方）の卒業の頃の写真

も知らない子供には理解できない。天との間に点もついていないから、私は何か「てんこう銭」というお金があって、それを無駄遣いするなよ、という教訓かと思っていた。勾践と范蠡が中国の故事に出てくる人物名と知るのはずっと後のことである。誰かがとんでもない替え歌を作った。「時に、はんぺん、茄子に芋あられ」。

替え歌といえば、唱歌ではないが、百人一首のひどい替え歌を覚えている。どこかの悪戯好きなお嬢さんが作ったものだろう。文屋朝康の「白露に風の吹きしく秋の野は、つらぬきとめぬ、玉ぞ散りける」の下の句を「つらんとんてん、卵の宙返り」と替えたのである。ずっと後になって、「抜けば玉散る氷の刃、津濫沽沌玉と散る」という言葉があるのを知った。このむずかしい漢字は「つらんてんとん」と読む。もしこの替え歌を作った人が、これを知っていたとすれば、相当な人だ。私たちの方が「つらんとんてん」と間違えて覚えたのかも知れない。いずれにせよ、子供たちが日本語で遊んでいた時代だったのである。

小学唱歌はかなりよく覚えているつもりだが、正確かどうかは分からない。復刻版もあることだし、調べれば正しい言葉が出てくるのだが、ここでは自分の記憶だけに頼るという原則を立てているので、あえて調べないことにする。

一年生の初めに、「白地に赤く」や「兵隊さん」や「運転手は君だ、車掌は僕だ……」の「電車ごっこ」などがあったのは確かだが、学年が上になると何年のとき教わったのか分からない歌がいっぱいある。

「さ霧消ゆる湊江の、舟に白し、朝の霜、ただ水鳥の声はして、未だ醒めず岸の家」という「冬景色」の中の岸の家は岸先生の家だと思っていた。あまり覚えて

附属の空中写真。人文字は神奈川師範学校の「神師」

いる人はいないようだが。「夢」という「金の（あるいは銀だったか）自動車（自転車かな）に飛び乗ると、走るよ、走るよ。どこまでも。大きな道をまっしぐら……」ときて谷かどこかに「落ちたと思えば、夢だった」という歌の、この最後の「夢だった」とぽつりと歌うのが気に入っていた。

とにかく、切りがないので唱歌の話は止めよう。ただ最後に一つ、もしあなたのそばに誰かおいでだったら、お二人で次の二つの歌を同時に歌ってみて欲しい。不思議なデュエットになるはずだが、これも小学校で教わったことである。その二つの歌とは、誰でも知っている「あれ、松虫が鳴いている。ちんちろちんちろ、ちんちろりん。あれ、鈴虫も鳴き出した。りんりんりんりん、りいんりん。秋の夜長を鳴き通す、ああ、おもしろい、虫のこえ」と「雁がわたる、鳴いてわたる。鳴くはなげきか喜びか。月のさやかな秋の夜に、棹になり、かぎになり、わたる雁、おもしろや」である。

唱歌以外の歌もずいぶん歌ったし、覚えてもいる。昭和十年代の子供には、身体に染み付いている歌がかなり豊富にあった気がする。私は想像が広がるような歌が好きだった。「月の砂漠」のファンタジーは、月光に青く光る砂漠という絶対に行くあてのない世界に私を誘った。「歌をわすれたカナリヤ」のそこはかとないセンチメンタリズムが私を涙ぐませた。

鎌倉女学校にいた姉たちが歌っていた合唱曲の中に、現在では決して歌われない歌がある。「あかがり踏むな、あとなる子、われも目はあり、先なる子」というのがある。あかがりとは、あかぎれのことである。当時は、冬になれば、子供には間違いなく霜焼けやあかぎれができた。黒い膏薬を張ったり、塗ったりしたものだ

お揃いを着た姉（中央）と従姉妹たち

が、現在の子供には無縁の話だろう。

　物知りの友人の話では、この「あかがり」の歌は日本の古典にある歌らしいと言うので、ある古典文学の先生に教えを乞うたら、多分『梁塵秘抄』にあるだろうと教えてくれた。よく調べてはいないのだが、最初の文句は、「あかがりふむな、しりなる子」と読むようだ。しりなる子では、女学生にはあまり相応しくない。この歌は、「ふーむなよー、ふーむなよー」というとても綺麗なハーモニーをもった合唱で終わる。そのメロディは今でも耳に残っている。

　合唱といえば、小学校の五年生のとき

だったか、合唱コンクールに参加したことを思い出す。私もメンバーの一人だった。課題曲が「空の青さも果てしなく」で始まる「日本の空」(同級の川村輝典君が憶えていた)で、自由曲が「朝日は昇りぬ」だったが、とにかく横浜まで出かけて行った。残念ながら結果は四位で、関東大会にも進めなかった。指導に当たってくださった中西先生は美しく、子供心にも惹かれるものがあった。先生が履いているスリッパの可愛い花模様の刺繡を覚えている。

もう一つの分野にいわゆる歌曲がある。「サンタルチア」、「帰れソレントへ」、「菩提樹」などの洋物や、「カラタチの花が咲いたよ」、「叱られて」、「この道はいつか来た道」を始めとした日本の歌もよく歌った。ハーモニカの楽譜が載っている歌の本があって、われわれの愛蔵書だった。「会議は踊る」の一部なのだろうか、「狂乱のモンテカルロ」なんていうのを得意になって演奏した。

まあまあ品のいい、こうした歌ばかりが周囲に聞こえていたわけではない。前に書いたようにバーが前にあって毎晩レコードが鳴っていたから、流行歌は簡単に覚えた。前に挙げた「あなた、と呼べば」、「もしも月給が上がったら」、「うちの女房にゃ髭がある」、「空にゃ今日もアドバルーン」と際限がない。しかし、この種の歌は、外では歌わなかった。何となく子供が歌うものではないと感じていたのだろう。それでも、女房にかなわない男とか、ぱっとしない会社員のイメージとかが身にしみて分かった気がした。

やがて時代とともに、そこに軍国歌謡が混じるようになった。誰でも知っている古い「ここはお國を何百里」、「天に代わりて」などに「拝啓、ご無沙汰しましたが」などが加わった。この歌を教室で歌っていた同級生のだれかが叱られたのはなぜだろう。それより私が好きだったのは、もう少し古い「どこまで続くぬかるみぞ」という「討匪行」とか、「火筒の響き遠ざかる、あとには虫も声絶えて」という「従軍看護婦の歌」などの方だった。後者は、その少しあとで「真白に細き手をのべて」と歌うのだが、これは姉をからかうのに絶好の歌詞であった。弟たちは「真黒に太き手を伸べて」と歌うのである。

好奇心が強い年代だったから、邦楽にも少しは興味を示した。姉が長唄を習っていたのである。たしか蓑田さんというお師匠さんについていたのだと思う。「宵は待ち」や「黒髪」、それに「元禄花見踊り」ぐらいは、間違いだらけだろうが、口ずさむことがあった。もっともこの最後のものは、普通の歌の本にあったから、別に長唄として覚えたわけではないだろう。意味は全然分からなかった。「宵は待ち、そしてうらみて……」は「明の鐘」という題だそうだが、私は「待ち」を町だと勘違いしていたから、それの「裏を見て」どうしようというのかと思っていた。「黒髪」にある「一人寝る夜の仇まくら」なんて、とんでもない。それでも、いまだに何となく覚えているのだから、ちょっと得意だったのだろう。

　謡曲は、暇があると父が二階でうなっていたので、もっと親しみがあった。謡の本がすべて揃っていたから、文句も覚えやすかったのだろう。「鉢の木」とか「鞍馬天狗」などが分かりやすかった。「鞍馬天狗」の小謡「花咲かば、告げんと言ひし山里の、使いは来たり馬に鞍、鞍馬の山の雲珠《うず》桜……」など、いい加減な聞き覚えだが、何とか謡うことができた。父は観世だったので、いまでも観世に親しみをもっている。

本

自分の部屋などなかった。お膳を出して、みんなで勉強するのである。本はよく読んでいたが、読書なんて改まった読み方などしていない。大概は部屋で寝転がって読んでいた。とにかく乱読である。

子供より学校のことに詳しい現在の母親と違い、その頃の母親は、もったいないがだまし易い存在であった。夜になって勉強がしたくないと、よく島森で本を買うという口実で、お金を貰って出かける。島森書店には、勿論勉強に必要な参考書が揃っている。しかし、どんな本を買おうと、親には分からない。ある晩、目的もなしに島森へ行った。安い岩波文庫の中に『みみずのたわごと』という題の本を見つけて買った。もとより徳冨蘆花の作品だが、私はただ題がひらがなだけで、易しそうだと思ったから買ったのだが、それは全く意に反して、小学三年生には面白くも易しくもなかった。同じように失敗した買い物は、『ラモーの甥』というので、これこそ何も分からなかった。それが、啓蒙思想家で百科全書派の中心人物ディードロの著作であることを知るのは大学生になってからである。

誰だって嘘をつくが、小学校のときついた二つの嘘はいまだに忘れられない。一つは本に関係ない。女の先生だったから多分小倉先生だったろうが、皆さん、どこで生まれましたか、という質問に全員が答えたときだ。東京、鎌倉が主で、その他はほとんど無かった。私は東京と答えた。真っ赤な嘘である。鎌倉生まれの鎌倉育ち、と公言するのは決して格好のいいものではなかったし、東京の人に対して、どこかに引け目みたいなものがあったのである。

もう一つの嘘は小学校一年生のときだ。当時、北鎌倉に多く住んでいた海軍将校の息子である同級生、前述の川村君が、私に本を貸してくれた。『われ等若し戦はば』という平田晋策の本だった。私には全く分からなかったのに、本を返すとき、「面白かった」と言ったのである。今でも記憶しているということは、ひどく後ろめたさを感じた証拠である。

嘘よりひどいのは盗作である。兄が書いた作文の一部を自分の作文にそのまま引用したのである。兄の作文の冒頭に、多分当時編纂された「愛国百人一首」の一首だったと思うが、「大宮の内まで聞こゆ、網引すと、網子ととのふる海人の呼び声」とあったのを、そのまま書き写したのである。さらにその少しあとに、「試みに泰西の歴史をひもどきてみよ」とあった。これもそっくり頂いた。だが、一体、何を書いた作文だったのだろう。ただ何となく調子がよく、偉そうな表現が気に入ったに過ぎない。

他に楽しみがあったのに、本があれば手当たり次第に読んだ。病気になると、本を買ってもらえるという特権が生じた。講談社の絵本が出てから、かなりこれに入れ込んだが、大抵は本店（磯見旅館をこう呼んだ）の従兄弟、精祐《まさすけ》ことマーちゃんから借りて読んだ。マーちゃんは一人っ子で大事にされていたから、欲しいものは何でも買ってもらっていたのだ。この絵本では画家の名前を覚えた。まるで写真のような挿絵を描く樺島勝一が一番の贔屓だった。梁川剛一、高畠華宵、斎藤五百枝、鈴木御水、林唯一など、それぞれに特色ある絵で、私たちはその絵を見ただけで、絵描きの名を当てることができた。

雑誌はもとより『幼年倶楽部』と『少年倶楽部』が主たるもので、その付録とともに毎月買っていたように思う。漫画は「冒険ダン吉」をはじめ、それぞれに面白かったのだが、何といっても小説がお目当てだった。江戸川乱歩の「怪人二十面相」から始まり、「少年探偵団」、「妖怪博士」とつづく作品の中で、明智小五郎に始めて出会った。大佛次郎の名前で、大佛をおさらぎと読むことを知った。「鞍馬天狗」を知るのはあとのことで、「狼少年」、「角兵衛獅子」などを読んだ気がするが、この作者が姉の通う鎌倉女学校の先生であったと聞いたことが、親しみを覚えた原因であろう。戦後、中学生の私が図々しくお宅に伺うことになろうとは、想像もつかないことだった。「浮かぶ飛行島」などで海野十三の名もここで知った。『少女倶楽部』を読むのは恥ずかしかったが、川古江家の従姉妹の静子ことチコちゃんのところでときどき読んだ。倉金良行の漫画などを盗み読みした。

雑誌の付録も楽しみだった。紙で組み立てる細工物の他に、よく小冊子が付いてきた。ものしり事典風のものが多かった。勉強をし過ぎて眠れないときには熱い牛乳を飲め、というのはとにかく、犬に吠えられたとき、両肘を横に張って犬と向き合え、というのがあった。覚えてはいるが実行する機会は未だにない。

単行本の小説でもっとも感銘を受けたのは、何といっても佐藤紅緑の作品だった。魅力的な題名『ああ玉杯に花うけて』、『紅顔美談』、『少年賛歌』、『一直線』、『英雄行進曲』そして『親鳩子鳩』まで、今気がつけば、いずれも社会主義的な内容の本だが、その分かりやすい正義感が若い心に訴えかけたのだろう。『親鳩子鳩』は、父親に会うために労働者が庭に集ってきたことがあって、その後、小さい家に引越しをするところから始まる。おそらく父親は労働争議で労働者側についたのだろう。ちなみに私はこの小説で「亭々とそびえる」という言葉を覚えた。小学生の野球試合で、投手の主人公がピンチに立たされ、分別を失うほど熱くなったとき、捕手をつとめていた肥った友だちがゆったりと彼に近づき、ぽんと肩をたたいて「野球じゃないか」というシーンが妙に印象に残っている。

ユーモア小説も好きだった。佐々木邦の『苦心の学友』、『村の少年団』、『トム君・サム君』、『出世倶楽部』などを繰り返し読んだ気がする。時代劇では高垣眸『怪傑黒頭巾』、『まぼろし城』が傑出していた。

男の子としては、山中峯太郎の小説に胸躍らせたのも無理はない。『亜細亜の曙』、

『大東の鉄人』、『見えない飛行機』それに『敵中横断三百里』を忘れることはできない。背景の壮大さが魅力だったのだろう。今から見れば、大陸への関心を高めるきっかけになるものだったかも知れないが、当時の私たちにはそんなことを見抜く力はなく、ただただ面白かったのである。

そういえば、『リンカーン物語』のような教育的な本を多く書いた池田宣政が、『密林の王者』や『吼える密林』などの冒険小説の著者、南洋一郎と同一人物であることを知ったのはずっと後のことである。後年、小学校の同級生大久保乙彦君がいた日本近代文学館で調べ物をしていたときだった。その後、大久保君は事故で亡くなってしまった。

もう一つ、少年講談という分野があった。そもそもは兄が借りてきたか、買ったかした『寛永三馬術』か『寛永御前試合』だったと思うが、それから『猿飛佐助』、『霧隠才蔵』などほとんど全部読んだ気がする。唯一、全く面白くなかったのは、あの「われに七難八苦を与えたまえ」と月に祈る『山中鹿之助』だった。とにかく曲垣平九郎とか真田幸村、猿飛佐助、霧隠才蔵、三好清海入道など、私の日本史の知識は、この少年講談から得たものだった。

大人向けの時代劇といえば、吉川英治の『宮本武蔵』が二階の部屋に置いてあるのを、人目をしのんで読んだのも思い出である。子供が読むものではないといわれていたのである。私はお通という女性に心奪われていた。結局、全部読み通した。そういえば、中里介山の『大菩薩峠』もそんな風に隠れて読んだらしい。大人の読むものに関心があったのは確かだが、それも内容によった。例えば、当時、母などが夢中になって読んでいた吉屋信子の新聞小説『夫の貞操』など、まず題名の「貞操」の意味が分からなくて、全く関心が湧かなかった。大人の雑誌でも、「キング」とか「富士」とか「主婦の友」は拾い読みをすることはあったが、よその家で見かけた「文藝春秋」や「改造」などには手が出なかった。

単行本の漫画は、ほとんど誰かが病気になったときに買ってもらったものだ。田河水泡の『のらくろ』は大流行の漫画だったが、一番記憶に残り、私に影響を与えたのは『とん馬のひん助』だったか『とんまひん助』だったか題名は忘れたが、馬を主人公にした漫画である。作者は誰だったろう。まさか『冒険ダン吉』や『ネコ七先生』の島田啓三ではあるまい。新関青花だったかも知れない、と思っていたら連載中の読者であった渡邉朗さん、田中治子さんから教えていただいた。謝花凡太郎である。ひん助は馬として苦労しながらも真面目な人生を送ろうと思う。本の最後に、ひん助が座右の銘として「人の一生は重き荷を負うて遠き道を行くが如し。急ぐべからず云々」という徳川家康の言葉が載っている。私はこれをいつの間にか暗記してしまった。ただし、彼は遠慮勝ちに、冒頭の「人の一生は」を「馬の一生は」に変えるのである。そういえば、この謝花凡太郎とか大城のぼる、なんていう漫画家のものにはよく親しんだものだ。少女倶楽部では前に書いたように倉金良行の漫画をそっと見た。どりちゃんという少女が主人公だったか。

乱読と言われようと、とにかく活字には飢えていたようだ。他に楽しみがなかったわけでもないのに、本だけは特別な存在だったのだろう。

これを読書と言っていいのか分からないが、漫才や落語もよく読んだ。漫才を読むと言うのはおかしいが、大人の雑誌に漫才がよく載っていたのである。折にふれて集ったいとこ中心の子供会で、何とかこれを上演しようと試みたが、さすがに子供には無理だった。

『落語全集』は愛読書に加えてもいいだろう。繰り返し繰り返し読んでいるのに、やっぱり面白い箇所にくると一人で笑い転げるのである。「時そば」や「長屋の花見」から始まって、「饅頭こわい」、「野ざらし」、「芝浜」、「目黒のさんま」など、何度読み返したか分からない。当然、自分でおぼえて演じたくなる。さすがに人前で一席、なんてわけにはいかなかったが、それでもいつか、堂々とやって大人を驚かせようと思っていた。一番やりたかったのは「薮入り」である。これはかなり真剣に暗記しようとして努力した。それにしてもどうしてこうした人情物が気に入っていたのだろう。

少し場違いな話だが、二十数年後、東京オリンピックの翌年、ベルギーに留学してルーヴァン大学で勉強した。このルーヴァンの町にはりっぱな大学図書館があった。第一次世界大戦でドイツ軍によって破壊されたが、戦後、列国の協力で再建された。このとき日本も資金を寄付し、書物を寄贈した。図書館の最上階に日本図書室があったが、誰も訪れる人はいなかった。日本にいたことのある老神父が毎日、

昭和初期に鎌倉の島森書店が扱った「島森書店月報」（渡辺朗氏寄贈、鎌倉市中央図書館提供）

一冊チェックしているとのことだった。大学から頼まれて図書室を見に行った。そこには『徳川実紀』をはじめ日本の古典的書物が所蔵されていた。そこに何と『落語全集』があったのだ。これは何とも嬉しかった。

　最後に島森書店のことで一言。

　小沢昭一が好んで引用する「ああ金の世や金の世や」という「金金節」の作者は演歌作家添田亞蟬坊だが、対照的にその長男添田知道は少々堅苦しい作家で、その主著の一つに『小説　教育者』がある。どうしてそんな本を読んだのか分からないが、とにかくこの本の中に島森書店の名があったのである。馴染みの本屋の名を発見して、ばかに嬉しかったことを覚えている。因みに、私の従姉妹は島森のお嬢さんたちとよく遊んでいたし、後年、家庭教師として私も出入りした。そういえば、今も島森の二階で、従姉妹の姉妹二人が「ひまわり」という洋装店を開いている。

時代

昭和一桁の時代には、まだ大正リベラリズムの残り香があったのだと思う。家の中には、誰が読んだのか分からないが、そんな雑誌や本が放り出してあった。エロ・グロとまでは言わないが、何となく自由な雰囲気があった。モボ・モガなんて言葉は小学生の低学年のときから知っていた。銀ブラという言葉も知っていたが、肝心の銀座を知らないのだから、とても理解していたとは言えない。岡本一平の漫画など、随分早くから目にしていた。今から思えば、プロレタリア文学だったのだろう、貧しい労働者を馬鹿にする意地の悪い金持ちの夫人や令嬢が出てくる小説を読んだ記憶がある。何より、生活の中に穏やかな空気が流れていた。クリスマスには、今で言うクリスマス・セールが派手に行われていた。クリスチャンでもないわれわれでも、枕元に靴下を置いてサンタクロースを待った。

子どもたちは、かなり長い間、サンタクロースを信じていた。プレゼントのやりとりもあったし、どこかの教会に出かけて、学芸会みたいなものを見たり、贈り物をもらったりした。御成小学校の前にあった教会や、ハリス幼稚園などを梯子してまわったりした。叔父などからときたま貰う、いつもの板チョコとは違う厚ぼったい浮き彫りのチョコレートは憧れの的で、食べるのが惜しくて、いつまでも残しておいた。

写真機をもらったこともあった。一つは小型ながら蛇腹のついたもの、もう一つは箱型の写真機で、どちらが兄のものでどちらが私のものだったか忘れたが、ひどく嬉しかった。ただし、フィルムは小さかったし、性能はもう一息で、それで撮った写真の記憶は全くない。

もとより戦後の時代と違って、軍国主義とまでいかなくても、小学校にも、忠君愛国という基本的な背景は厳然として存在していた。皇室に関する言葉を聞くや、直立不動の姿勢をとるのは全く自然な行為だったし、兵隊さんへの尊敬や信頼はすべての子供が共通してもっていた感情であった。

小学校の中の諏訪神社の近くで写生をしていたとき、由比ガ浜通りの佃煮屋さんの子供で、絵がずば抜けて上手だった青木君が、絵を描きながら、何となく周囲の私たちに、明治天皇、大正天皇のあとだから、今の天皇は昭和天皇だな、と言った。このときの先生の怒りようは大変だった。諡《おくりな》なんてことを知らない小学生にはわけが分からなかった。何しろ天皇とか陛下という言葉を耳にした瞬間、何をしていても、さっと立ち上がり直立不動の姿勢をとる時代なのである。支那事変が始まり、紀元二千六百年の祝賀があってから、こうした空気は次第に色濃くなってきた。

まれに鎌倉でも、軍隊が宿営することがあった。各家庭に兵隊が分宿するのである。子供たちは興奮して兵隊さんを迎えた。大人たちでさえそうだった。それは家庭にとって大事件だったのである。兵隊さんは、みんな善良で優しく、どこか遠慮がちなところがあった。地方の人が多かったのだろう。故郷の話を親にしているのを、そばで目を輝かせて聞いていた。鉄砲は多分持っていなかった。のちに牛蒡剣と呼ぶことになる軍剣を畏敬の念をこめて眺めていた。

国際情勢など、子供にはほとんど分からなかった。イタリアがエチオピアに侵攻したとき、日本人は明らかにエチオピアを応援した。駅前の正面にある瓦煎餅の小松屋の先に、パン屋さんがあった。給食なんていうものはなかったから、生徒は弁当か、またはパンを買って昼食にした。いつも弁当を作ってもらっていた私は、パンをもってくる生徒が羨ましかった。そのパン屋の主人の発明かどうか分からないが、そこでエチオピア・パンという黒いパンが売り出され、これが大いに人気を集めたのである。要するに黒砂糖入りの菓子パンである。エチオピアの国民が裸足で戦っていると聞いて、判官贔屓の日本人の同情を得たというわけだ。ドイツ、イタリアと日本が手を結んだころには、エチオピア・パンは消滅していた。

千人針が回ってきたり、隣組が組織され、回覧板が手渡され、出征兵士を送る駅頭の集りが頻繁になり、防空演習に大人たちが参加する機会が増えるにつれ、時代

附属小学校の校庭における閲兵式か何かの写真である

は確実に戦争への道を辿り始めた。防共協定という言葉を、意味も分からないまま子供たちまで口にし、八紘一宇が流行語のように巷で使われた。私だけではなかったろうが、どんなに下手な作文を書いても、どこかに八紘一宇とか、尽忠愛国とか、天皇陛下のため、とか書いておけば文句をつけられないことを見通していた。切り札ともいうべき言葉が存在する時代は、どうも信用できないという認識をもつようになる原因はこの頃の空気の中にあったのかも知れない。

家で蚕を飼っていたのも、国策への協力だったのだろう。蚕のことを「お蚕」はとにかく、「お子さま」と呼んでいたのはなぜだろう。桑の葉を取りに、随分色々なところへ行った。一番多く桑を取ったのは、佐助へ行く道の中ごろを左に曲がった道沿いにある桑畑だった。ひんやりとした蚕の感触はよく覚えている。卵から繭を作るまで、その生態は子供心にも強い印象を与えた。繭になってからのことは全く分からない。紡いだりしたのだろうか。

時代というけれど、子供には、自分が生きている時代の風潮や思想的背景などを考え、感ずることは出来ない。自分の関心の赴く分野という点からなら、それは双葉山が安藝ノ海に破れて連勝が六十九で絶たれ、さらに二十九連勝したあと、安藝ノ海の弟弟子である五ツ島に敗れた時代であった。われわれ兄弟は理由は不明だがこの五ツ島のファンであった。あるとき家族で国技館へ行ったことを作文に書いた。その文章を今でも覚えている。「ふと見ると、五ツ島が腕組みをして、なにやら土俵上を見つめている」。この「なにやら」が気に入っていたのかも知れない。

野球は何といっても六大学野球一辺倒であった。早稲田大学を応援していた。海老茶色が猛烈に格好よかったのである。職業野球はチーム名などは知っていたが、とくにどこを応援していたということはない。新聞も職業野球より六大学の方に

国防婦人会か愛国婦人会の奉仕団の集合写真である。場所はどこだろう。石碑に史跡とあるが下の字が読めない

ページを使っていたと思う。どんな時代だった、と問われれば、相撲も野球もない、ただ軍国主義の時代だったというイメージだけを伝える気にはならないのである。

ただし子供の遊びに時代の空気が反映していたことは確かである。軍国将棋だか、兵隊将棋とかいったゲームを覚えておいでの方はいないだろうか。歩兵はともかく、騎兵や砲兵の他、迫撃砲などの兵器の駒があった。全部ひっくり返して盤上に並べていたのか。中に地雷という駒があって、これは動くことが出来ない。これにぶつかると戦死ということになる。

違った世界

鎌倉の下町に暮らしていた私たちの知らない鎌倉が存在していた。

満叔父は母の弟だが、私たち甥にとっては憧憬の的であった。格好がよかったのである。浅野中学でかなりの暴れん坊だったと聞いているが、行動力といい、事業欲といい、おそらく祖父喜代松の血を一番受け継いでいたのではないかと思う。中国山東省の青島に居を構えた叔父が、召集令状を貰って日本に帰ってきたときのことをよく覚えている。千葉県木更津の陸軍飛行場に、大勢で満叔父を迎えに行った。待合室で随分待たされたが、やがて陸軍の飛行機が到着し、中から少尉の軍服姿の叔父が颯爽と降り立った。これは子供にとって譬えようもなく格好のいい姿であった。

その叔父の妻は、幸子といったが、東京のさるお屋敷のお嬢さんであるこの女性は、磯見家にとってはかなり異質な存在だったようだ。下町のおかみさんとは違った上品な物腰で、何よりだれにでも優しい言葉で接していた。母たちも「サチさん」と呼んで親しんでいた。従姉妹の史子の調べでは、戸籍は平仮名でさち子だったらしいが、ここでは幸子と書かせていただく。

幸子叔母はカトリックの熱心な信者だった。満叔父も洗礼を受けていたはずである。だが幸子叔母からキリスト教の話を聞いた覚えは、少なくとも私にはない。ただ、私たち子供にとって、限りなく優しい叔母であった。

叔父がノモンハンで戦闘に参加していたころ、私たちが手回しの映写機で漫画の映画を映していると、お菓子を持って幸子叔母がやってきて、「今度はノモンハンのニュース映画をやってね」などと声をかけてくれた。

ここで弟の明の回想を挿入する。

――四、五歳になった頃、経緯はしらないが母が勉強にいくことになった。駅前からバスに乗って杉本観音で降り少し右手にはいると、木立に囲まれた瀟洒な洋風の木造りの家がある。一、二段あがると玄関前にポーチがあった。玄関を入ると、もうテーブルをしつらえた部屋であり、南側の窓の下のカウチにそって奥への通路があった。そこはそれほど広いわけではないが、私にとっては別世界であった。得も言われぬ不思議な香りと優雅なたたずまいのM先生がおいでになると、小町通りの生活とあまりにも違った空間が、幼い子供にとっても強い刺激だったにちがいない。それからの私にとって、上流社会の基準はM先生であったと思うからである。母が勉強（それはカトリック教理であったに違いない）している間、私たち（いつも一人とは限らなかった）は、玄関を出て右側にあるアトリエのような部屋でお絵描きやお話をきいて時を過ごした。そこは母屋とは違って白い大きな明るい部屋だったが、お世話してくださったのはU子先生だったのだろうか。こうした時間が今の私の心の奥深いところの雰囲気を作り上げてくれたに違いない（経緯はしらないと書いたが、母がカトリックの教理を勉強するきっかけは、幸子叔母だったのだろう。私にも叔母の影響は大きい）。やがて太平洋戦争が始まり、日本中が軍国主義一色になり、小学校も国民学校と名をかえた。その頃はキリスト教のこととなると、子供たちは「アーメン、ソーメン、冷ソーメン」と茶化すのが当たり前になっていた。それを聞くと、じっと我慢するのだぞ、という気持ちになっていたのだから、私はすでにキリスト教徒になっていたのかもしれない。(明)

母の妹・喜子の夫・鈴木昇叔父（左）が、山東省青島の満叔父、幸子叔母の自宅を訪問したときの写真

「アーメン、ソーメン……」は誰でも知っている。家内の祖母はこう言っていたそうだ。「他人様の宗旨をからかってはいけません。ソーメン、ニューメン、冷ソーメンと言いなさい」。これも一つの見識か。

弟がM先生と書いているの

は、神谷桃さんという、間違いなく幸子叔母がカトリック教会を通じて知り合っていた婦人である。当時のカトリックが少数派であることは間違いないが、女性には有力者に嫁いだ人がかなり多く、信仰を通じて、地域を越えた一つの共通した社会をもっていたようである。

ところで神谷さんは、作家の長田秀雄、幹彦兄弟の妹さんである。そのことを知ったのはかなり後のことだが、ませていた私は長田秀雄の作品を読んでいたので、いっそう親しみを覚えた。

幸子叔母の影響を最初にうけたのは姉の喜代子である。神谷さんが幼稚園「聖心の園」を創立したとき、鎌倉女学校を卒業した姉は、見習いの保母としてそこに就職し、以来ずっとこの幼稚園の先生を勤めた。よく、私たちも、子供たちにお土産にもたせる工作物を作る手伝いをした。

私と兄は、土曜日に幼稚園へ行った。必ず集まる他の子供たちといっしょに、まず着くと庭に散って、おもいおもいの写生をした。時間がくると神谷先生がそれぞれの絵について感想を述べられるが、決して貶すような批評はなさらなかった。そのあと「おやつ」である。奥の部屋にお菓子と紅茶が準備されている。苦手だったのは、子供の中に信者がいて、お祈りをすることだった。神谷先生はお祈りしなさいと強要することはなかった。それから、弟が書いている白くて明るい部屋でお話の時間が始まる。お話はキリスト教に関するものだったが、話し方が上手で、全く飽きさせなかった。子供のキリストをおぶって川を渡った聖クリストファのお話など、にこにこと話される神谷先生の面影とともにずっと記憶に残っている。

たしかにここ神谷邸は別世界であった。小町通りの生活とは全く違う社会がそこにあった。

聖心の園幼稚園。先生は姉。園児の幾人かとは今でも付き合いがあるが、いずれも後期高齢者のはず

ただ、キリスト教という、これまた異質な要素に違いないものが、それほど違和感なしに受け入れられたのはどうしてだろう。

聖心の園は、当時ピアノの先生と呼ばれていた梅子先生が、養女として後を継ぎ、戦後も確か昭和五十年代まで存続した。私の息子も世話になった。

姉がいつカトリックの洗礼を受けたのか私は知らないが、とにかく、ときに姉が兄を伴って夜出かけることがあった。今から思えば、それは降誕祭か復活祭のときだったのだろう。由比ガ浜にできた教会か、片瀬の教会の深夜のミサに出ていたらしい。一度だけ姉が私にキリストについて話をしたことがある。二階の部屋だった。キリストは私たちのために十字架の上で亡くなられた、という姉の言葉に、私は「キリストが神様なら何でもできるんだから、生き返ればいいじゃないかよ」、とか何とか反発した。「あら、生き返ったわよ」とあっさり言われて私は沈黙した。それから何も覚えてはいないが、多分、復活について話を聞かされたのだろう。

わが家で二人目に洗礼を受けたのは、生まれたばかりの輝夫であった。真珠湾攻撃の二日前に生まれた弟は、一月後に重病にかかって生死の間をさまよった。そのとき姉が洗礼を授けたのである。兄は、海軍兵学校に行く前に、由比ガ浜教会のフランス人神父から洗礼を受けている。私も弟も戦後に信者になった。父は耶蘇なんて、とたいそう嫌っていたが、戦後になって神父さんの運転手をつとめたりして、ようやく理解を示し、臨終のとき洗礼を受けた。母は前から信者になりたかったらしく、洗礼を受けてからは教会のお花や飾りつけに生きがいを見つけたようである。今もクリスマスになると、雪ノ下のカトリック教会の前に、母の作った人形たちが降誕の場面を見せている。

聖心の園。この滑り台の先を降りると小川に出る。滑川の上流である

暗い鎌倉

附属の高等科に入った私は、一年後、

逗子開成中学に入り直した。そこには小学校の同級生、菊岡が上級生として在学していた。

附属での一年間は、本当に充実していた。とりわけ梅澤先生から教わった日本の古典は、暗記を強制されたこともあり、未だに忘れていない数節がある。「ゆく河の流れは絶えずして、しかも、もとの水にあらず。淀みに浮かぶうたかたは、かつ消え、かつ結びて久しくとどまりたる例なし……」に始まる鴨長明の『方丈記』や、『平家物語』の「祇園精舎の鐘のこえ」は勿論、とりわけ記憶にあるのは、「薩摩守忠度はいずくよりか帰られたりけん、侍五騎、童一人、わが身ともにひた胄七騎とって返し、五条なる三位俊成卿のもとにおわして見給えば、門戸を閉じて開かず……」である。ただし覚えた音だけに頼っているので、多分間違えはあるだろう。それでも、こうして覚えさせられたことを心から有難く思っている。

この高等科を卒業して師範学校に進み、小学校の先生になった御成の同窓生には、岩田辰美と柳田亀太郎がいる。柳田はのちに校長になり、教育委員会でも活動している。

逗子開成の校長は鹿江三郎先生だが、退役海軍少将だと聞かされていた。しかし、この校長先生が、御成の同級生で勉強もでき、駆けっこも早く、男子から畏敬の念をもたれていた鹿江正子の父親であることを知ったのはいつだったろう。

逗子開成では、勉強はそれほど苦にならなかった。何しろ一年間、同じようなことをすでに勉強しているのだから。数学で応用問題を、Xを使い、方程式を立てて解いたら、先生に「それはまだ教えていないはず」と叱られた。放課後が待ち遠しかったのは、テニス部に入ったからである。天候ばかりが気がかりだった。勿論、軟式テニスだが、先生の中にも愛好者がおられて、昼休みはコートが賑やかだった。

ここで、生まれて唯一の体験をする。陸軍幼年学校の受験である。秋に近衛師団で身体検査を受け、合格したので学科試験を横須賀の多分、鶴が峯小学校といったと思うが、ある小学校で受けた。

当時は、幼年学校の受験生を対象にした問題集まであった。幼年学校は『輝く陸軍将校生徒』などという本の刺激などもあって、少年の憧れの的であった。その軍服姿も格好よかった。

試験問題はよく覚えていないが、たしかその前夜、たまたま開いた理科の本にあった花の構造と部分名称が出て、しめた、と思った気がする。数学の問題はその骨子だけはよく覚えている。A地点からB地点まで、ある数の部隊を送るのだが、トラック一台も使用する。両地点の距離、兵隊全体の数、兵隊の歩く速度、トラックの速度と収容人員数が示されている。それに出発の時刻が決められていて、部隊全体を出来るだけ早く送ると、何時にB地点に到達するか、といった問題である。私はXを使いながら苦労して答を出した。できたと思っていた。だが入学後、正確な解答を示されて、その誤りに気づいた。トラックが兵士を運んでいる間、他の兵隊を歩かせていなければならない。そこまでは何とか考えた。だが、トラックはB地点に着く前に、兵隊を降ろし、そこから歩かせるという方策までは思いつかなかった。そうなると、計算はさらに複雑になり、容易に回答はでない。

とにかく、一度の受験で合格したのは、あとにも先にも、私の人生でこれ一回だけである。年が変わって一月か二月、教育総監から電報が来た。電文はいまでもよく覚えている。「ナゴヤヨウネンニサイヨウヨテイイサイフミ」というのである。

私（後ろ左）が幼年学校へ入校する前に撮った家族写真である。隣の兄は２年後に海軍兵学校に入る。赤ん坊は輝夫

当時幼年学校は東京、仙台、大阪、広島、熊本それに名古屋と六校あった。受験者に選択の自由はない。

合格の電報を持って逗子へ行った。タクシーが営業できなくなった父が京浜急行に入り、その逗子営業所の所長をしていたからである。父はものすごく喜んで、周囲の人に「これが幼年学校に合格しましてね」と宣伝してくれた。

勿論、所員の人から祝福を受けて得意になった私は、中学校に走った。逗子開成では開校以来、三人目の合格者であった。

終戦にいたる名古屋陸軍幼年学校での生活の詳細は書かないことにする。同期生の小木貞孝こと作家の加賀乙彦さんが書いた『帰らざる夏』を参考にしていただければ充分である。

名古屋へは父に連れて行ってもらった。大船で乗り換えるとき、一人の上品な男の人に話しかけられた。父が名古屋へ行く理由を説明すると、その人は、ご自分がその名古屋幼年学校のフランス語の教官であることを打ち明けられた。戦後、外語大の先生になられた家島光一郎教官である。

名古屋に着くと、決められた旅館、何とか別館というところに泊まった。父と二人きりの旅行は初めてだった。夜、映画を観に行った。「姿三四郎」だったと思う。この旅館で私は初めて水洗便所なるものを見た。どうしていいか分からず、言葉にはできない恥ずかしいことをしてしまった。

すでに書いたように、入校後しばらくして祖父の死を知った。家族の情報や町の出来事をこまめに知らせてくれたのは姉であった。

自分の結婚のことも姉自身の手紙で知った。相手が、以前、各小学校の学芸会の出し物をもちよった合同発表会のとき訪れた、第二小学校の校庭で見かけた先生であることを直感した。なぜだか分からない。実は家を去るとき私は姉に、お嫁にいきなよ、子供が出来ちゃうぞ、と言ったのだ。女はある歳になると自然に子供ができるものと思っていたのだ。みんなに大笑いされたが理由は分からなかった。

朝は軍人勅諭を持って裏の観武台という丘に登り、宮城に向かって遥拝する。次いで午前中は学科、午後は体育や教練という日課だった。名古屋幼年では外国語はドイツ語とフランス語だった。勿論、希望などとらない。勝手に決められてしまったのだ。私はフランス語班だったが、これが将来に大きな影響を与えようと

初めて軍服を着て父と撮った写真。幼年学校に写真屋さんが出張していたのだろうか

は想像もしなかった。戦後ドイツ語の先生になった者もいる。
日記を毎日つけるのは義務だった。筆書きですべて文語体である。俺と貴様の世界だったが、殺伐とした環境ではなかった。野外訓練や遠征のときは、写生帳や俳句や短歌を記す帳面を持参した。学科でもよく歌を作った。世話人が当時の作品を集めてくれたので、とっくに忘れていた歌に出会った。硫黄島玉砕の報を聞きて、とあるから昭和二十年頃か。

国民の見守る中に時を得て総攻撃の火の玉は飛ぶ

二つ思い出した歌がある。

征くことの逝くことなりと知りながらひた走り征く心頼もし

もう一つは吉野の方に行軍したときに作った歌である。

その上は勤皇の士の集いけん笠置山路の秋の静けさ

最初の夏の休暇のとき、私が帰ったのは鎌倉ではなく、逗子の山の根にある社宅であった。これまた世話人の努力で、皆が出した生徒監宛の葉書のコピーを集めた本ができている。私のは逗子の家の門のスケッチと一緒に下手な字でこう綴っている。

拝啓　暑気甚しき折生徒監殿には御変りも無くお暮らし遊ばされ候と拝察仕り候次に私意気旺盛に暑気を克服し日々愉快に起居致し居り候間何とぞ御安心下され度候　さて家に歸るに我が家を知り申さぬ故何とも言へぬ氣持致し候も思ひ居たるより立派なる家に候ひ大いに父母の恩に感謝致し候　暑さ嚴しき折御身御大切に先づは近況報告迄　敬具

まあ、随分無理した文面だが、一生懸命書いたのだろう。

休暇中、得意になって逗子開成中学の恩師を訪問、同級生を前に幼年学校の生活について話をした。附属でも同じことをやった。

それから一年後の頃か、家が鎌倉小町十五番地に移ったことを知った。満叔父だと思うが、私の家の子供たちは商売人にはなりそうもないから、店舗向けの百六番地より、住宅地の十五番地の方がいいだろうと土地を交換したのである。因みにこれはミルクホールそばの、現在「いさむ」という飲み屋さんのある場所である。

さて、二年が経って、終戦の年を迎える。この夏、思いがけなく休暇が与えられた。私が帰ったのは、勿論十五番地の家である。

空襲警報が発令された。横浜が空爆にあっている。私は親に言われたまま、弟を連れて決められた避難所に行った。もとより帯剣した制服姿である。指定された避難所は、御成小学校の裏山に掘られた穴倉だった。

私には消え去ることのない苦い思い出ができてしまった。警報が解除され、小学校の正門から出ようとしたときだ。当時御成小学校には軍が駐屯していた。その下士官の一人に軍服姿の私は呼び止められた。「貴様、なぜ敬礼せんか」と欠礼をとがめられたのである。私は謝って校門を出た。だが弟の手前、面目がたたず、また引き返した。一人の兵士に、さきほど私に注意を与えられた下士官殿は伍長勤務でしょうか、と訊いた。当時陸軍の将校生徒は、伍長と兵長の間の存在とみなされ、兵長には敬礼しないでいいということになっていたのである。

私に注意を与えたのは兵長だった。だが伍長勤務だと敬礼しなければならない。その兵隊さんはあわてて奥に走った。

休暇中に家族と撮った写真。多分、逗子のどこかだろう

すると今度は将校が姿を現した。私は「学校に帰ってから事故報告をしなければなりませんので」と前置きしてその兵長の名前を尋ねた。将校に呼ばれた兵長がやって来たが、先ほどと違って、おどおどした態度で私に敬礼して謝罪したのである。

たかが十四、五歳の子供に、大人が謝っているのである。戦後聞いたことだが、御成小学校に駐在していた兵士には、付近の鎌倉の住民がいたとのことである。下士官を謝らせた私は、得意になるどころか、嫌な気分になった。もうすぐ戦争が終わるという時期のこの出来事はどうしても忘れられない。

八月六日に広島、ついで九日に長崎に新型爆弾が落ちたというニュースが放送された。何のことか分からなかったが、とにかく得体の知れないことが起こったという感覚が走った。

今では笑い話のようなものだが、幼年学校では理科の時間だったか、糊の研究をしていたのである。どうも風船爆弾の製作に使用する糊の開発だったらしい。風に乗せて風船をアメリカ本土に流し爆発させるというあの風船爆弾である。しかし同時に理科の教官が、火薬を使わない爆弾の存在を示唆してくれたことを思い出す。理解は出来なかったが、原子という言葉が出たような気がする。

ラジオの放送があったのか、名古屋陸軍幼年学校の生徒に、即刻帰校の命令がでた。休暇を途中で切り上げて、名古屋に帰らねばならなくなった。もう生きて鎌倉に帰れないかも知れない。

夜だった。姉は嫁ぎ、兄は海軍兵学校に入校していたから、両親と弟たちに別れを告げて小町通りを駅に向かった。瀬戸橋で左右を見た。右は扇が谷、左は二の鳥

英霊の出迎え。待合室、売店、安全地帯を含む昔の鎌倉駅前の様子がよく分かる（『図説 鎌倉回顧』〈発行／鎌倉市〉より）

居、振り切るように足を速めた。

　私はひとり鎌倉駅のプラットホームのベンチに座っていた。灯火管制で、真っ暗な鎌倉の町が目の前に広がっていた。磯見旅館も、川古江家も、小町通りの入り口も暗闇のなかで、さだかには見えなかった。

　振り向くと、黒い山々が迫っていた。御成小学校の方角にも、ただ暗い世界があるばかりだった。もう二度と鎌倉に戻ることはできないだろう、あらためて自分にそう言い聞かせると、自然に涙がこぼれた。

あとがきにかえて　―「わが鎌倉」論―

昔、ＮＨＫの番組にあったテレビコラムに出たことがある。幼年学校の同期生でＮＨＫの論説委員だった岡村和夫さんの命令で「わが鎌倉」という題で話したのだが、その中で私は、鎌倉は他所から来た人に侵略された町だ、と結論した。地元の人間が、どうしてカーニバルなど思いつくものか。本当は他所者によって弄ばれた町と言いたかったのである。

去年、十一月に鎌倉女子大学と鎌倉市の共催で鎌倉に関する連続講演会が開かれた。私はその最終回を担当した。百五十人に近い聴講者の中で、生まれも育ちも鎌倉という方は十五人に満たなかった。

鎌倉に住むようになった理由は、家庭の事情もあれば、まだ自然が残る土地への思いや歴史的な遺産や、何となない文化的雰囲気に惹かれたということもあろう。それが選択の余地なく鎌倉に生まれ育った人間との意識に違いを生じるのは当然である。

鎌倉を舞台にした小説の中で川端康成の『山の音』を私は高く評価している。だが長谷に住む主人公尾方信吾は、東京からの移住者で、勤めも東京である。この作品に限らず、鎌倉を背景にした小説では鎌倉の人間はせいぜい御用聞きや地元の職人くらいしか登場しない。つまり鎌倉の人間は決して小説の主人公にはなれないのだ。これが同じ古都の住人でも京都人との違いである。

以下はそれに矛盾する話である。その矛盾は私自身の中にある。

去年の一月だったたか、雑誌『鎌倉ペンクラブ』に「有島武郎のスケッチ画」という文章を書いた。学生のとき、よく遊びに行っていた有島邸で、有島武郎のサヴォナローラ像のスケッチ画をもらった話である。

中学生のとき「若竹」という同人誌を作った。清伯父の勧めで大佛次郎邸に指導を仰ぎに行った。伯父からもらった鯛を一匹お土産にもって。びりびりの障子の向こうで大佛さんは丁寧に応対してくれただけでなく、「若竹に寄せて」という原稿まで書いてくださった。

扇が谷の俵さんという後輩の家で、当時流行の手の平療法をやりに来ていた里見弴さんから「アンファン　テリーブル」の訳を質問され、「恐るべき子供」と答えると里見さんは「私は可恐児《かきょうじ》と訳した」と得意げに言われた。

勤めからの帰りに寄った鎌倉の飲み屋で、よく作家や俳優に出会った。劇団民藝の松下達夫さんや信欣三さんと鎌倉の住民で芝居をやろうという話が出た。実現はしなかったが、出し物は決まっていた。『どん底』である。

侵略者である他所からの人によって私の人生が豊かになったのは事実である。

それなら鎌倉人とは何だろう。

その着流し姿が鎌倉の風物詩になりかけていた早乙女貢さんと最後にお話ししたのは駅前だった。『会津士魂』での会津への愛着の思いは比類ないが、さて鎌倉に結びつくどんな魂があるのか。鎌倉武士の魂を求めても無駄である。ただ唯一の期待は、鎌倉に住む人々が、自分の中に「わが鎌倉」をもつことになるだろうということだ。それが私の慰めだ。

それにしても、現在の小町通りの季節を問わない混雑ぶりはどうだろう。馬糞が点々とし、朝は納豆売りや豆腐屋の売り声が聞こえ、夜にはラオ屋の物寂しい笛の音が流れる、そんな通りは二度と存在することもないだろう。野球やお神輿や、縄跳びや石蹴り、とんぼ取りに興ずる子供たちの声が、駅前広場に聞かれることも二度とあるまい。それでも「わが鎌倉」は私の中に確実に存在するのである。

執筆を始めるとき井上ひさしさんに題名を訊かれ、「鎌倉小町百六番地」と言うと即座に彼は「先生、それは売れますよ」と言った。その人も今はなく責任のとらせようもない。

平成二十一年一月から二年三ヵ月にわたって「かまくら春秋」に連載された拙文が一冊の本として上梓されることになった。まことに有難いことである。ただでも悪い出版事情の中で、果たしてそれ程の価値があるものか、大いに危惧するところである。

それでも、私自身にとっては、いつかは繋ぎ合わせたいと思っていた記憶の断片が、一応のまとまりを見せたという点で、これまで出した本とは全く違った感慨でいっぱいである。

私にしか書けない鎌倉を書く、という不遜な思いがなかったわけではないが、少なくとも自叙伝風な作品に仕立て上げようという考えは皆無であった。鎌倉で過ごした少年時代を素直に描写できればと思っただけである。歴史書でないことは勿論、文学書でもないこの本を、一体、どんな方が読んでくださるのか、その戸惑いは消えることがないだろう。

長期にわたる連載は初めてだったので、幾つもの経験をした。もっとも印象に残ったのは、読者からのお便りである。お名前は挙げないが、老人ホームで暮らすある読者は、ご自分が満州で過ごした少年時代の思い出と重ね合わせて、幾度となく心温まる激励のお手紙を下さった。終わりのほうに掲載された幼稚園の写真を見て、あの女の子は私かも知れないと投書してくださった高名な作家のお嬢さんもおられた。遠慮なく、私の記憶違いを指摘してくれたのは御成小学校の同窓生である。

老境に入って、新しい本が出版できることは望外の喜びである。去年の夏、協力してくれた兄が他界した。それでも弟二人とともに、四人兄弟の名でこの本がうまれたことを心から有難いと思う。亡き両親を偲びながら、ひそやかに祝杯を挙げたい気持ちで一杯である。
かまくら春秋社の伊藤玄二郎社長、連載時の鹿又智子さん、出版にあたっての井上えつこさん、その他編集に携わって下さったすべての方に感謝する。

平成二十三年十月

磯見辰典

本書は月刊「かまくら春秋」平成二十一年一月号から
平成二十三年三月までの連載をまとめたものです。

磯見辰典（いそみ・たつのり）

1928年神奈川県鎌倉市生まれ。西洋史学者。上智大学名誉教授。上智大学大学院西洋文化研究科修士課程修了。1965～67年ベルギー・ルーヴァン大学留学。著・共著書に『パリ・コミューン』、『日本・ベルギー関係史』（白水社）、『フランス人』（さ・え・ら書房）、『ヨーロッパ・キリスト教史』全６巻（中央出版社）、訳・共訳書に『宗教改革』、『バルト三国』（白水社）、『キリスト教史』全１１巻（講談社）、『ルーベンス』（岩波書店）、『ロマネスクの図像学』、『ゴシックの図像学』、『中世末期の図像学』（国書刊行会）など。日本ペンクラブ会員。日本劇作家協会会員。

協力　磯見昭太郎（横浜国立大学名誉教授）
磯見明（磯見整形外科医院院長）
磯見輝夫（愛知県立芸術大学学長）

鎌倉小町百六番地
―昭和はじめの子どもたち―

著　者　磯見辰典
発行者　伊藤玄二郎
発行所　かまくら春秋社
鎌倉市小町二―一四―七
電話〇四六七（二五）二八六四
印刷所　ケイアール

平成二十三年十一月十六日　発行

©Tatsunori Isomi 2011 Printed in Japan
ISBN978-4-7740-0542-3 C0095